李吉军

LOST
OCEAN

李吉军

著

天津出版传媒集团

天津人民出版社

目 录

Contents

第一章

1

我是个孤儿，不知道自己的身世，不知道自己来自何方，不知道自己的父母是谁，更不知道自己与生俱来的名字。我所知道的，就是自我有记忆以来，我就和一位随着我慢慢长大而胡子逐渐花白的老人，住在一座我并不知道名字的海岛上。

这座海岛不大，我也不知道这海岛是属于哪位长官的领地，甚至不知道它是不是无主荒岛。这座海岛几乎没有人来。在我的童年里，我经常坐在海边的岩石上，看着离我不远或离我很远的大大小小的船经过。那些船经过也只是经过，它们从来也与我没有关系。

与我有关系的，就是偶尔有失事船只的生还船员，随着波浪的推涌，来到这座岛上，但他们不久就会设法走掉，这到底也与我没有关系。我好像就是这座岛的主人，又好像完全是个局外人。

我曾听因船失事来到这座岛上的人说，这座海岛就是世界的中心，不过也有人说这海岛就是世界最偏远的荒地。他们的话，我不知道谁对谁错，可这终究也与我没关系。

我在海边无所事事地坐着，身后不远处传来老人叫我回家吃饭的声音。这位伴我长大的老人，我对他也是一无所知，就像我对自己一无所知一样。从我开始记事起，他就让我管他叫句桑。好吧，句桑这个称呼，这么多年我就这样一直叫了过来。

我曾经想，句桑有可能就是我的亲爷爷，如果是这样的话，我就是小句桑。我从没向他提起过这种想法，他也从没向我说起过我的身世。我有可能是他的亲孙子，也有可能与他毫无关联。他管我叫阿鲁。我问过他为何要给我起这个名字。他抬起头，落日的余晖打在他黑红的脸上："咳，咳，这事已经过去那么多年，我也记不清了当时为啥要给你起这个名字，或者因为某个特殊的缘由，或者就是一时兴起，都有可能吧，反正现在是说不清了啊。"

他的回答，让我很无奈，阿鲁就阿鲁吧，反正它就是个名字，就是个名字而已。

"阿鲁——"应着句桑的叫声，我站起来，转过身，背着海风吹来的方向，朝着我们的小木屋走去。小木屋在长年累月的风吹雨打中，已变得斑驳不堪，我真害怕哪天它会坍塌，那样我和句桑就成了无家可归的人。

我慢慢地向着小木屋走去，风中传来食物的味道。我知道，我们的晚餐，又是我已经吃得想吐的烤鱼，但没办法，住在这个人迹罕至的荒岛上，每顿能有吃的东西，就已是莫大的运气。

句桑已经衰老，他的脸上满是皱纹，头发和胡子花白。他抚养我长大，即便每顿他只能给我弄来我已吃得想吐的烤鱼，我也对他心存感激、尊敬，当然，我说的是现在。以前不懂事的时候，我也曾和句桑哭闹，将他递给我的烤鱼扔到地上。每次，他都默默地将我扔到地上的烤鱼捡起来，吹掉上面的灰，等我哭闹够了再给我吃。

有次，一同坐在海边时，我问他："句桑，你为什么不带着我，离开这个荒无人烟的小岛，到人多的地方去生活？"

句桑看了看我，吸了口他自制的烟丝，然后望向远方，目光变得有些空旷，过了会他道："阿鲁啊，人这一辈子该经历的，你将来都会经历。"他这句话让我一怔。句桑在我看来，就像个谜，他的人生可能很丰富，也可能简单得就像一张白纸，有时我甚至想，他是不是一位被通缉的逃犯，为了躲避追捕才隐居到这座荒凉的海岛上。

我琢磨着他的话，也看向了远方。远方苍茫，渐渐海水与天空融为一体。可是，我想知道，远方的远方，那里有些什么。

我和句桑，除了那座可以遮风避雨的小木屋，还有一条小船。句桑经常驾着那条小船，到海里去捕鱼。随着句桑的衰老，我的身体慢慢强壮得像头蓄满了力量的小公牛。

自今年开始，句桑就时不时带着我出海。我也很愿意跟着句桑出海去捕鱼，毕竟句桑已抚养了我这么多年，我现在有能力帮他分担一些生活重担。

这天早晨，我们来到海边，准备驾船出海，可那条小船却失去了踪影。句桑看了看拴船石桩上被扯断的绳子，深深地叹了口气。我明白，拴船的绳子年深月久，经海水浸泡而变得腐朽，小船在海浪的翻涌中，挣断绳子漂向了深海。

"回去吧。"句桑无奈地说道。好在平时句桑将打回来一时没吃完的鱼制成了鱼干储备着，这让我们不至于一下子就没了吃的而饿肚子。

回到小木屋，句桑找出一把斧子，我知道他的心思，我们需要建造一条新的小船。鱼干储备有限，我们不能坐吃山空。

在随后的日子里，我跟着句桑伐木、劈柴，建造小船。就在小船即将建好时，句桑生起了病，整天整夜地咳嗽，后来咳嗽中带出越来越多的血。终于，在生病的第三个月，他合上了双眼，永远地离开了我。

我以为句桑在临走的时候，会告诉我一些什么，比如我的身世，比如我今后该怎么办……可他什么话也没留下，就离开了我。我不知道他是没料到自己会走得这么突然而没来得及告诉我，还是原本就没准备给我留下什么话。

我用建造小船剩下的木料和废弃的木屑，送了句桑最后一程。看着句桑安静地躺在木柴上，随着火苗与木柴一起化成了灰，我的眼泪流了下来。虽然我不知道我的身世，我不知道自己与句桑之间的关系，但从内心深处，我早已将他当成了自己的亲爷爷。我驾起新建的小船，带着句桑的骨灰，来到了深海。

"句桑，这是你生前经常来捕鱼的地方，我希望你今后就在这里安静地生活吧。"我将他的骨灰撒向海面，无数海鱼游了过来。在荡漾的海面上，我仿佛又看到了句桑黑红而苍老的脸庞。

葬完句桑，回到了海岛上，站在衰旧的小木屋前，看着辽阔的海面和苍远的天空，我突然感受到了无尽的孤独和寂寞，是那么鲜明而逼真。

2

我的小木屋，在一场巨大的风暴中坍塌。伴随着小木屋的坍塌，经过此海面的许多船只失事。失事船只上的绝大多数船员葬身海底，但也有少部分生还。生还的船员，最后汇聚到了这座原本只有我一个人的海岛上，总共有两百多人。

这些船员来自不同的船只，其中有部分人比较粗俗、可恶，他们登上海岛，发现我之后，第一时间就抢劫了我的鱼干，连带着将我那坍塌的小木屋，翻了个底朝天，搜寻走了一切可以食用的东西。

"强盗，这群该死的强盗！"我在心里发泄着不满。虽然我对他们很不满，但我无能为力，因为他们人多势众，我想，惹急了他们，我甚至可能会有性命之忧。这些人由于来自不同的船只，所以他们和相熟的人集聚成一股股，分散着坐在海边，这一股股的人中，最大的一伙儿有七十多人，看样子他们来自一艘比较大的船，最小的有十几伙儿，每伙儿只有一个人。

这些人很快就吃完了从我这里抢劫到的鱼干，和从小木屋里搜寻出来的其他可以吃的东西，然后他们发现了我和句桑新建的小船。他们一哄而上，互不相让，以至于后来发生了激烈的争斗，死掉了不少人，小船也被砍得稀烂。

我感到深深的忧虑，不知道这群外来者，要在我这座荒岛上待到什么时候，也不知道在往后的日子里，会发生什么事情。

慢慢地，我注意到了人群中一位年纪和我相仿的小麦色皮肤的女孩，她眼睛明亮，长得美丽而健康。每当人群一有什么骚动，她的脸上总是充满惊恐，怯怯地瑟瑟发抖。我心里开始有点儿惶恐，不知道为什么，只要一看不到她，我就感觉心里空荡荡的。我非常希望这群人赶快走掉，但又害怕以后再也见不到这个女孩。

随着白天和夜晚的交替，所有人都渐渐明白，这样不思筹谋地待着，终究不是个办法。于是，最大一伙船员的首领，站了出来，依靠着他们手中的刀和弓箭，以及游说，将其他的船员，兼并进了他们的队伍。我，也不能幸免，被编到了他们的队伍中。说实话，我是真的不愿意和他们混到一起，谁知道这帮强盗是从什么地方来的，谁知道他们接下来会干出什么事来。可是，又有什么办法呢？这时，我忽然无比地怀念句桑。如果他在的话，应该能帮我想出好办法吧。

月亮升了起来，清冷的月光照在这座海岛上，就像地上铺满了亮亮的银子。最大那伙船员的首领，哦不，应该说我们队伍的首领，毕竟我此刻也被挟裹进了这支队伍。我们的首领——长角，他的名字是下午那个小麦色皮肤的女孩偷偷告诉我的，她也是听别人说的。下午我感到非常开心，这倒并不是我知道了首领的名字，其实首领叫什么名字，我一丁点儿也不关心，我感到开心是因为我知道了这女孩的名字，她叫卡梨。

卡梨，多么好听的名字。

长角指使他的副手觅匆，燃了大大的一堆火，他召集大家围着火坐了下来，然后他抛出了一个问题："大家有什么法子，都说说，咱们怎样才能离开这座小岛？"

想离开这座小岛，就需要有船！这是大家不用说都可以明晓的道理，总不能在这茫茫大海中游到自己想去的地方吧！可问题的关键是，船从哪里来？大家七嘴八舌，展开了争论。有人说："这还有什么说的，伐木造船呗。"还有人说："开玩笑吧你，先不说这岛上具不具备造船的可能，即便具备，你能造多大的船出来？造的船小了这么多人坐不下不说，这茫茫大海你一艘小船能走多远？一个大浪就可以让你完蛋。即便运气好，遇不到风浪，三两个人撑着一艘小船，在这无边无际的大海上你能活下来？"大家想了想，觉得这人说的有道理，于是都不再言语，气氛顿时陷入了寂静之中。

离开这座小岛，是所有人的愿望；船从哪里来，大家又都没有办法。而我，对这个问题又很不感兴趣。即便我想离开这座我自小在这上面长大的小岛，我也不愿和这群强盗一起离开。于是在大家的沉默中，我看了眼坐在我身边的卡梨，压低声音问："你们船上只有你一个人幸存，来到了这座小岛上？"

女孩眼睛里闪过一丝悲伤，点了点头。不知道为什么，只要一和卡梨说话，我的心情就会很好，虽然我此时被这群强盗打劫得一无所有。

"你想离开这座小岛吗？我自小在这岛上长大，说不定以后我有法子带你离开这里。"我内心萌动地说道。卡梨看着我，没有说话，可我从女孩的眼神里，看到了那种叫作希望的东西。

"不许偷偷说话，混蛋！"在众人的沉默中，我和女孩的窃窃私语，引起了长角的注意，他看向了我和卡梨的坐处，觅匆冲着我俩咆哮道。觅匆咆哮过后，他手下一个船员走过来，啪地给了我一个嘴巴。这嘴巴打得我眼冒金星，嘴角渗出了血丝。

"小子，老实点儿，再不老实小心我砍了你。"那船员打完了我，还不忘抽出他腰悬的佩刀，冲我亮了亮。女孩见我被打，缩了缩脖子，低下头看着地面。我的脸，红到了脖子根，我清楚地知道，我的脸不是被打红的，我是因为在卡梨面前挨打而脸红的。

我听到了自己心里翻江倒海的声音，可我明白我不能那么做，我那么做了不仅于事无补，还有可能再也见不到卡梨。我慢慢地长舒了一口气，压下了心里的波澜。我用眼角的余光瞥了瞥长角，我看到他意味深长地打量了女孩一眼。

3

大家环着火堆而坐，并没有讨论出离开这座无名海岛的办法。觅匆见大家都不再说话，就探头在他的首领耳边低语了几句。长角点了点头，说："好吧，就按你的计划来。"

得到应允之后，觅匆站起来清了清嗓子，然后大声道："想离开这里，并且能够抵御比较大的风浪，安顺地航行，咱们就需要一艘足够大的船。可岛上的条件，不允许咱们造一艘可以承载咱们离开的大船，既然这样，那咱们就只有一条路可走。"

觅匆说到这里，停了下来，环视着大家的表情。众人听他说有办法，都抬起头来看着他，期待着他继续说下去，有几个性子急的人更是直接问道："有啥好办法，你快说嘛。"

觅匆微微笑了笑，说："那咱们就去抢一艘。"

"抢一艘？"众人有些疑惑。

"对，抢一艘。"长角以不容置疑的口气，威严地说道。

"到哪里去抢？想抢，连船都没有怎么抢？"有人迅急地插话。

长角的眼光扫视着众人，觅匆挺直了腰："那就等，总会有符合咱们要求的大船，从这海面上经过。如果一直没有，那咱们就一直等，直等到有了为止！"人们不再说话，但从很多人的神情中可以看出，他们并不觉得这个方案有多高明。这么多人都在海岛上，小木屋已坍塌，所以我也只能和众人一起露宿于海岛上。卡梨睡在人群右边的一块大岩石上，我偷偷溜过去，将自己的衣服铺到那石头上，躺在了她旁边。只要躺在她旁边，就算不说话，我心里也高兴。

一宿很快过去，一睁眼天就已大亮。从今天起，大家都开始按照觅匆的办法，守株待兔般地等船。在等船的日子里，觅匆也没让大家闲着，他经我们所谓的首领长角批准，将岛上的人，根据擅长技艺的不同，编成了几个小组，进行不同技艺的锤炼，以便到时抢船。

当觅匆问我擅长什么的时候，我随口答道："潜水。"是啊，我从小在这海岛上长大，不会潜水说得过去吗？依照我的回答，我被编进了潜水组。编组时我明确告诉了他们，说我自小在这岛上长大，我不想离开这海岛，所以我不准备参加他们的抢船方略。可编组的人蛮不讲理，噌地将腰刀抽出一半，冲我瞪着眼睛道："不想参加抢船方略？这可是长角首领的命令，不参加抢船方略你得问问我这兄弟答不答应。"他朝腰刀努了努嘴。我暗自叹了口气，知道和这帮家伙没有情理可说。

日子在我们的抢船锤炼中一天天过去，这期间在海岛旁的海面上，有大大小小无数的船经过，但都没有符合这群人期望的大船出现。

我明白为什么他们要抢一艘足够大的船让众人都能够离开，因为不让所有人都离开，便无法圈拢这所有人去抢船；如果不能圈拢所有人去抢船，那抢船事成的机会可就大大降低。而且，在海中航行，船越大，船上的人越多，抵御风浪和危险的本领就越强。这些觅匆虽然没有在明面上说出来，但我能看出他心灵深处就是这么筹算的。

在这些锤炼的日子里，我越来越牵挂卡梨，我也说不清楚这是种什么情愫，就是看不到她我就会有些心神不宁无精打采。庆幸的是，陷在孤单和无朋友这种境况中的卡梨，每次看到我，都会冲我甜甜地微笑。这让我在劳累的锤炼中，会心情舒爽不少。

我觉得她的笑，就像春夏之交的海风，湿润而温暖。

这天潜水时，我抓到了一条足有四斤多重的鱼，我私自留了下来，准备偷偷烤给卡梨吃。可不幸还是被长角手下的人发现，他们将我绑到一棵椰树树干上，用鞭子抽我，警告我以后不能私藏食物，并命令所有的人来观看。

　　我的身上被抽出道道血痕。我看到卡梨站在围观的人群中，眼神里充满痛楚和关切，看着卡梨，我的身体瞬间不再感到痛苦。卡梨，你为什么会有这种魔力，可以让我为你挨打而不觉得痛苦？这种事情，连自小养我长大的句桑都没有；同时，我又容不得卡梨对别的男人微笑。只要她对别的男人微笑被我看到，我就会心情非常糟糕，如同吃了发霉变臭的鱼干。我对自己的这种心绪，感到很疑惑，很疑惑。

　　海岛上的天，幻变得犹如随风而聚散的云，刚刚还煦阳和暖，转眼间就细雨淅沥。人们都散落到了能躲雨的树下或石岩下，惬意地谈笑着，舒展因锤炼而疲累的身子。我如失魂了似的，佯装着找寻东西般寻找着卡梨。卡梨，你孤单单的一个人，可不要淋雨，我在心里暗暗为她担忧。

　　寻了一会儿没有寻到，正当我想放弃的时候，我眼角的余光瞥到卡梨正双手抱在胸前，站在一块仅能遮住她的岩石下面。我如同发现了瑰世的珍宝，心怀沸腾的喜悦，假装开心地走到了她面前。

　　她看我走了过来，眼神里有了些意外的亮光，轻轻挪挪身子，给我腾出了一小块地方。

　　我冲她笑了笑，轻轻地挤到了那块小地方。虽然挤在了那里，但我的后背依然露在石头外，被雨稀拉地淋着。即便这样，我心里也非常乐意。卡梨身体紧紧地缩着尽量给我空出地方，我见她缩着身子站立有些不太舒畅，可又不便辜负了她的好意。我们两个就这么静静地站着，我感觉自己的脸慢慢热了起来，我也能感觉得到，卡梨的身子微微有些颤抖。

为了打破这意味深长而难耐的宁静，我暗自寻摸了一会儿，壮着胆子问："你是从哪儿来的？"

卡梨略微有些惊讶，怯怯地说了个地名。我自小就在这座荒无人烟的海岛上长大，对此外的天地一无所知，自然也对她说的地名毫无了解。

没关系，我所要的不是了解，而是渴望和她独处时的那种感觉。

4

那真的是一场大战啊，我从未见过那么激烈、残忍的海战。船上横七竖八到处都是死人，海面上也随波漂浮着阵亡者的尸体，那景象让我终生难忘，心头也无比震撼。原来人与人之间的争杀，竟然可以如此血腥与残酷。

这不由得让我想起了句桑，我在想也许他是一位睿智的老人，至少他在这海岛上，过得平静而又随性，虽然可能孤独，虽然可能寂寞。

那是在我们等待了三个多月之后，遥远的天边出现了一个黑点。对于过往的船只，觅匆布设了瞭哨，用以窥测符合期望的大船。黑点越来越近，也变得越来越大。渐渐地，那艘船的外廓清晰了起来。瞭兵的脸上露出了震惊、兴奋的表情，脸色也因激动而变得通红。

这是一艘巨大的航船！

瞭兵立即吹响了警哨。首领长角以及觅匆，赶到了瞭哨那里，确认了这艘巨船。长角向觅匆下达了战令。于是，就有了这场我平生第一次参与的海战。

在利箭齐飞、刀光闪烁的争杀中，我的心全系在了卡梨身上，我怕她在这凶险的态势里有任何不测。如果卡梨遭遇凶险，那我将会非常难受，比我自己遭遇凶险还难受。我的心神不宁，让我好几次陷入危险之中，我差点儿被敌船上的水手砍掉右胳膊。万幸我发现得早，晃眼的明亮的刀锋，贴着我的右臂划过，那凛冽的寒气直沁入我的心底，我惊出了一身冷汗。

争杀陷入了胶着，我害怕两方再这样搏斗下去，卡梨难保周全，我也可能丢掉性命，而且我也希望涌入岛上的这帮人，能够夺得这艘大船，离开这座我自小长大的荒凉的小岛。哦，他们离开这座小岛，卡梨是不是也要离开呢？我心里浮起一丝惆怅。离开总比身遭不测强吧，我宁愿她离开这座海岛，也不希望她在这争杀中殒命。

心念及此，已置身船上的我，左躲右闪，在刀光和箭影中如游鱼般穿梭到了这艘大船的船长面前。常年在海面上捕鱼、与海水打交道的我，对于在争杀中油滑穿梭的本能，还是很有把握的。当我用手中的刀，架在船长脖子上的时候，我看到了他满脸惊异的神色。

这艘大船的船长，命令他的船员们全部放弃抵抗、将手中的凶器悉数放到船板上。长角在觅匆的伴随下，登上了这艘大船。他眼神拂过我的脸庞，我从他的眼神深处，看到了满满的赞许。句桑啊，你可以为我作证，我要的不是长角的褒意，而是卡梨的周全，她的周全是我做这一切的真谛。

抢得大船之后，长角做的一件事，是我没有想到的，也让我深深地陷入了内心的煎熬，让我不由得反思自己劫持船长是否应该。当着全船所有人的面，长角命人将船长和不愿顺服的大船船员捆好，一一沉入海中。船长在被沉海时那复杂的眼神，让我不敢直面。那眼神里，似乎有惊惧，似乎有怨恨，似乎有不舍，似乎有认命……

这一场争杀下来，除了阵亡的人，长角兼并了大船顺服的人，他的队伍扩展到二百多号。觅匆让人将劫得的大船泊岸。因为这场搏斗的胜利，长角在人群中的威望得到了极大的提升。

搏杀之后，闲休了两天，这天晚上，觅匆集聚起这二百多人，让大家围着一堆大大的篝火而坐。

"咱们已如愿夺得大船，不日就将出海远航，"长角充满气势，"咱们的这支队伍，来自不同的船只，要航行到哪里去，需要与大家进行妥当地谋商。"

众人听首领说不日就将出海，心中燃起了对归途的渴望，有的说去比干岛，有的说去萨哈城，有的说去钨思海，有的说去矛鸢湖……提议什么去向的都有，长角皱起了眉头，觅匆也沉思不语。他们说的这些地名，我既没听过，也不知道在何方。无论航行哪里，只要他们能离开我的海岛，还我以清宁，我就心愿已足。只是，哦，卡梨，你也要离去吧。我又禁不住发出了无奈的叹息。

谋商没有结果，随着长角和觅匆的散去，大家也陆续散去，篝火旁就剩下了卡梨和我。我俩对着篝火相邻而坐，我用一根小树棍儿轻轻地敲着地面，若有所思地问："你也要离开吧？"

卡梨点了点头，没有说话，似乎兴致不高的样子。

"你要去哪里？"得到了她将会离开的确认，我虽然隐隐地心痛，但依然问道。

她苦笑了起来，意兴萧索地说："你看呀，我就一个人，我想去的地方，他们又不会去，他们要去的地方，又不是我的归乡，随他们吧。"

我知道她说的是实情，我很想劝她留下来，可我没有说出口，也不知道怎么说出口，更不知道她留下来会怎样。我们陷入了沉默，各自心事沉沉。

篝火筹商的第二天，长角发布了号令，两日后出海。至于出海到哪里，他没有说，有人问，他也没有回答。

时光真的是很奇妙的东西，在你闲散的时候，它是那么的悠长悠长；在你依恋的时候，它又是那么的短暂。

很快到了出海的日子，这天清晨我早早地来到大船边，看着人们陆续地上船。我用目光在人群中搜寻着卡梨，就要出海离开的卡梨。慢慢地，我看到了她的背影，她裸露在外的小麦色手臂，在晨光中显得晶莹皎洁。我始终觉得，只要你看一个人，他一定会有感觉的，即便相距得远远的。

卡梨回过头，看到了远远地站在一块大海石上的我，冲我笑了笑。然后，她扭转头，快步登上了大船。

别了卡梨，永远的别离，这是一段短暂而又偶然的相遇。我扭转身，噙住眼眶里的泪花刚要离开，长角和觅匆，在几个随从的陪伴下，从我站的海石边路过。看到我，他们停了下来。

长角眼含笑意、威严地示意我上船。我摇了摇头，告诉他们我自小在这海岛上长大，不愿离开这里，并祝愿他们在大海中航行安稳。长角没再说话，迈步向前走出，但觅匆的举动却着实出乎了我的意料，他吩咐几个随从，不由分说将我架上了大船。啊，真是一群野蛮人！我在心中咒骂道，但无济于事。

第
二
章

1

　　大船在浩瀚的海面上航行着，层层的波浪翻涌，像露着肚皮的跳跃的鱼。海风习习，吹得大船上的旗子扑棱棱地响。长角，哦，现在应该称呼他为长角船长。劫船的事成，让他在这支队伍中拥有了不可抗拒的威望。此刻的长角，正站在航行着的大船的船头，他的长发被风拂乱，使他显得更有一种无法言说的魅力。大船在向前劈波斩浪地行进着，除了长角，也许还要包含觅匆，除了他们两人之外，我们剩下的人，谁也不知道这艘大船要航行到哪里。

　　我在想，航行到哪里，其实与我没有太大关联，反正他们想去的地方，都不是我渴望到达的他乡。除了我自小在上面长大的那座海岛，我哪里也不想去，我哪里也不知道，我哪里也没去过。即便我可能想去哪个地方，我也不愿和这帮野蛮的人一起去，除了这只船上的卡梨。正因为卡梨在这只船上，才让我对接下来的旅程不那么排斥。

　　已经好几天没有见到卡梨，我心里有些失落。自打上船之后，觅匆依据每个人的长处，将大家进行了分工，该捕鱼的捕鱼，该烹食的烹食，擅长贸易的与过往的其他船只做交易，最最重要的，觅匆还为大船组建了一支护卫队，共五十人。隐隐地，我恍惚之间觉得这艘大船竟然像个小王国。

我感到有些新奇，说真的也有些佩服觅匆，虽然我愤恨他强行将我架到这艘船上。我被编在了护卫队，但我不知道卡梨分在了什么组里。不管分在什么组里，我总有再见到她的时候，我想船也就这么大，她总不至于飞到天上吧。这么想，我便不再惆怅。

这么长远的不知前向的航行，是我所没有经受过的，以前和句桑一起出海捕鱼，我们不会划行得离我们所居住的海岛太远，即便远也不会超过两天的路程。这么远的旅程，旅途中怎么度过，我心里还是没有谋好计划的。可能大的事情上，我也只能跟着这群人随船逐流，待船到了想到的地方，我再依据彼时的情况做打算，小的方面我需要考虑怎么在这船上打发我闲散的时光。

在离岛航行的第六天，我从人们的口中，听到了一则流传的消息，长角要举行就任船长的仪式，仪式届时由觅匆主持。我有些蒙，人们不是已称呼他船长了吗？我不知道事情为什么要弄得这么复杂，难道我所生长的海岛之外人多的地方人们都这么烦琐吗？我对这事不感兴趣，它也影响不到我什么。不影响我的事，我又何必为它介心呢？随他们吧。

就任仪式这天，让我开了眼界。觅匆吩咐我们护卫队守卫现场，长角坐在一张大大的靠背方椅上，除了护卫队和划船的水手营，其余船上的所有人，都列队站立于长角面前的船板上，躬身向他行礼，口呼船长好。长角含笑示意大家平身……仪式在热烈有序的氛围中结束。

之后，长角宴请大家，坐了好几十桌，每桌上都摆满了这几天倾所有人之力准备的美餐。吃的时候我发现真的很好吃，比句桑做的好吃百倍。其实，我是可以理解的，在海岛上句桑我俩相依为命，条件简陋，能吃饱肚子，就可以说是神灵厚待我们，别的还能奢求什么？

美味还在其次，晚上觅匆拿出十数根细长的圆筒，指令了一个护卫队的小伙子手持长筒，对准浩瀚的星空。觅匆亲自打着火石，点燃了长筒顶端的一根细线。令人惊奇的是，细线吱吱吱的快速向下燃烧，竟然还闪烁着亮光。我从来没有见过这种东西，真的感到很好奇。在细线向下燃烧的同时，还散发着一种刺鼻而又好闻的气味，很奇妙啊。

忽然，"嗵"的一声，一道亮光由细筒中射出，冲向了星空。在达到一定高度后，又"啵"的一声四散炸开，犹如千朵梨花，煞是好看，我简直惊得下巴快掉到了地上。世间竟然有这种东西，真是不可思议。

我甚至眼睛都不眨地看着那十数根长筒放完，我在想，如果能和卡梨一起看这神奇的场景，那该有多好啊！后来，我听人们说，这东西叫烟花，是由交易司的人，用捕捞上来的鱼，从过往的一艘个头不大的帆船上换来的。在这次就任仪式上，我看到了卡梨，她站的人群距我有点儿远，她被分在了烹食组。不管她分在哪个组，知道了她的信息我心里就踏实些。

举行了船长就任仪式后，觅匆命人将船上最好的通风透气的豪华舱室收拾出来，供长角起居。觅匆自己也有一个单独的舱室，其余的四人一个舱室，按男女性别分开居住。

在我们居住的舱室里，般鱼、画质两人来自被劫持顺服的大船，皮各所在的船只失事，他独自一人逃到了我所居住的海岛上，后来被长角他们裹挟着来到了这艘航向不明的大船上。

凭着生而俱来的感知，我能深深感受到般鱼、画质两人对于他人，都抱有强烈的戒心，皮各反而比较友好。所以，闲暇时我与皮各交流得比较多，慢慢也就熟稔了起来。皮各告诉我，他的故乡，在一个遥远的地方，那里山高林密，人们会唱美妙的牧歌，姑娘们长长的头发挽起，非常好看。他描述的情景，让我悠然神往，我想起了卡梨。

皮各说，他在他的故乡，有一个相好的姑娘，那姑娘很美丽，他很爱她，她也很爱他，但他不知道他什么时候能重返家乡。说这话的时候，他流下了眼泪。我虽然不能用一个词语来

精确定义这种情感，因为我自小和句桑生活在一起，我的词汇
贫乏，但我很能体会他的感受。一段时光之后，我从他人的口
中了解到，这叫爱情。我和卡梨之间，也是爱情吧？虽然，我
不明晓卡梨对我的感觉是怎样的。

2

　　大船上二百多人，琐事繁杂，长角船长忙乎不过来，就谕令觅匆为船执，协助他打理船上各种事务。我不明白船执是一种怎样的存在，听皮各说这官职有点儿相仿于他们故国的宰执。

　　不管是船执还是宰执，我觉得只是称呼的不同而已，我并不关心。觅匆荣升船执后，受长角船长的委令，在大船上的议事厅里，召集各组的头目开了次碰头会。我跟随护卫长比思来到了议事厅，比思参会议讨，我作为护卫员，站立于厅内木墙边。觅匆开口抛出了他的议题，盐巴是餐食中不能少的东西，缺了盐巴大家便会食之无味，浑身乏劲，而此时船上所存的盐巴，已很是不足。讲到这里，觅匆顿了顿，然后说："所以呢，请大家群策群力，想想办法。"

　　烹食组的头目安斤道："尊敬的觅匆船执，您说得极是，此刻船上所剩的盐巴满打满算也只够三天的量，所以境况还是比较险峻，当然我们烹食组会想尽一切办法消弭盐巴的浪费，但餐食中所含盐巴的分量不宜减少，我们在节流的同时还要想办法开源，开源才能从根上消弭掉盐巴给咱们带来的困扰。"

　　船执觅匆点了点头，表示认同，然后将目光投向了交易司首领蹈具。蹈具好像在思索着什么，过了会儿他叹口气道："开源的想法无疑是对的，当下我们在与外船的交易中碰到了不小的障碍，原来两篓海鱼可换回来一袋盐巴，不知什么原因，现今五篓海鱼都换不回来一袋盐巴，而每天批供给我们交易组的海鱼是限量的，所以我们也是没有办法。"

觅匆仰头想了想，又打量了下众人，然后对分拨局主事雀菌道："聪明的雀菌，你看是否能够增加对交易组的海鱼供给？"雀菌面露难色，陈述了他的想法，因为捕鱼组每天交给他们的海鱼量大体是恒定的，要顾及相应各组的需求，他们手中也没有余量。

觅匆知道雀菌说的是实情，他也知道捕鱼组二十余人的产出已快至极限，毕竟供给这一船二百多人的吃用，并不是一件轻松的事，所以不能再给捕鱼组长无明压更大的担子。他感到事情有些棘手，但又迫在眉睫不得不破解。

议事厅沉入了安静之中，大家都在等着船执接下来的决定。对于大家的等待，觅匆并没有要说话的意思。比思忽然道："觅匆船执，你不必为难，护卫队上下愿为大家的盐巴困扰出力。"觅匆脸上露出了笑容，比思的声援，让他心里更有了底，他向比思致以了赞意，然后缓缓地说："比思的提议很好，若今明两天盐巴交易境况仍未趋善，就按比思的提议进行。"

我有些吃惊，但也不意外，当一种东西紧缺到不能借由交易获得时，我所居海岛之外的人们，大抵也是这么操办的吧。我将这事说与了皮各，皮各告诉我，在平凡尘世，这类事情多得就如同我的头发。人啊，真是危险的动物。嗯，我知道了"动物"这个词，是从皮各这里知道的。我觉得皮各已算是我的朋友，闲暇之余，他教我写他们故国的文字，给我讲他故乡的风情，告诉我他这次出海回去就能与他心爱的姑娘共享人生美妙的时刻。

皮各供事于捕鱼组，常与烹食组有接触，我想让他帮我递话给卡梨，但我怯怯地又不敢。我虽然喜欢卡梨，但我不清楚她是否喜欢我。如果她不喜欢我，我贸然让皮各递话过去，那该有多么尴尬？于是，我怅怅地放弃了这个想法，也许我将来会递话给卡梨的，但不是此时。

其实，别看皮各我俩已成为朋友，就连他也不知道我喜欢卡梨，我想将这种东西掩埋在心底，在不适宜的时候，不让任何人知晓。如果说卡梨，让我在这场不知前向的海上旅程中有所牵挂和记念，那皮各就让我看到了人与人之间的简单与美好，而般鱼和画质，则让我感到不安，他们两个在睡觉的时候，各自枕下都放着一把匕首。

依据交易司掌握的情报，比思没有让觅匆失望，他亲率十余名护卫兵，经过激烈的角杀，俘捉了艘并不大的舟船。在这艘并不大的舟船上，缴获了八百余袋盐巴。为了这八百余袋盐巴，那艘不大的舟船上的九名水手，悉数殒命。比思所率的十余名护卫兵中，有五人战死，三人坠入波涛汹涌的大海。

我也被勒令参与了这场角战，我手中的刀，尽量避开人虚劈，因为我在这场角战中，脑海里情不自禁泛起那位被沉海的船长复杂的眼神。我忽然想起了句桑曾经和我说过的一句话："阿鲁啊，人这一辈子该经历的，你将来都会经历。"是啊，人的际遇纷纷，句桑囿于孤岛悠然淡致，我却莫名其妙地被卷入了这场不可名状的瀚海远航。

比思成了这艘大船上的英雄，船执觅匆亲自为他向长角船长申请了嘉奖。在议事厅里举行的嘉奖会上，捕鱼组长无明向长角船长奏禀说，自己组内的函并自幼通晓晒盐之术，可以以海水晒出盐巴，而不用再以珍贵的海鱼去贱换，也不用再因盐巴而动兵戈。

船执觅匆追问了一句："无明啊，既然有这等幸事，你为何不早提出来呢？"无明道："我也是在盐巴角战后，函并自荐向我讲出才知晓的。"长角船长对他提供的信息很感兴趣，让觅匆拨两个人协助函并研究晒盐之术，并说咱们这艘大船，也要能够自力更生，顺应不可知的前方旅途。比思，这次嘉

奖会上的主角，在他荣光无限的笑容下，泛起了一丝淡淡的
冷意。

　　皮各、般鱼、画质都不在，舱内静谧得如同时光停止了下
来。我坐在自己的床上，望着窗外细浪层涌的海面，无比怀念
那个我自小在上面长大的不知名海岛，和那位在我生命中来过
而又已离去的老人。

3

我真的喜欢大海，无论是平静的大海，还是浪花绽放的大海，我觉得大海烟波浩渺，无所不包。大海滋养了我的生命，温润了我的童年，让我有了很多美好的回忆，那回忆中有一位须发花白的名叫句桑的老人。

我以前在海岛上的时候，曾听因船失事偶至海岛上的人们说，在遥远的大海的边上，那里有绿树成荫的田野，有牛肥马壮的草原，有人潮如涌的闹市，有诗意静谧的乡间……虽然我也觉得那些很美很诱人，但我的生命底色里还是大海，我爱大海的辽阔，我爱大海的浩荡，我爱大海的雄浑，我爱大海的低回浅吟。

海风顺着窗子吹了进来，带着些润腥的湿气，我"阿嚏"一声打了个喷嚏，正巧这时皮各推门走了进来，见状便嬉笑着道："打喷嚏了啊，阿鲁，莫不是哪个美丽的姑娘在念叨着你呢？"我疑惑地看着他，不明白他这句话是什么意思。皮各似乎恍然明白了过来："在我的故乡，有个美丽的传说，只要某个男人打喷嚏，就是深爱他的一个女人，在另一个地方说到了他。"皮各的解惑让我感觉很诗意，我暗想是不是卡梨在烹食组想念我呢，这个想法让我觉得有些害羞。

皮各给我解完惑，转眼看到了般鱼枕下露出半截刀身的匕首，就走过去撩起枕头，拿起了那把匕首。咦？仿佛什么吸引了他，他发出了声意外的低叫。我好奇心上来，也凑了过去，发现那刀身上有两个我并不认识的字。我问皮各这两个字是什么，皮各摇摇头，说不知道。

正在我俩琢磨般鱼的匕首时，画质下工回到了我们共居的舱室。他见皮各拿着般鱼的匕首，我俩在很好奇地把看，便有些生气，僵硬地质问我俩为何不经般鱼允许，私下动他的东西。画质的质问让我一愣，是啊，未经般鱼允许，我俩私自观看他的东西，好像是有那么一点点不妥。

我讪讪地不知道该说什么好，句桑以前也未和我提及过这类事情，这是我人生中第一次随行这么多人，并与人这么深的相处，我哪里知道这些人情世故啊。

皮各急忙将匕首重新放回般鱼枕下，连连向画质道歉。画质坐到了他的床上，悻悻地说下次别这样。我有些不解，即便我们偷看了你朋友的东西，你也不至于这么不高兴吧。

晚上我们四人都在的时候，般鱼主动说起他的这把匕首，是他父亲留给他的，他父亲是一名骑兵，在跟随首领与敌国的野战中阵亡，他很爱他的父亲，所以他不希望别人动他的这把匕首。显然，画质应该将我和皮各私看他匕首这件事告诉了他，我想这样可能还会好些，毕竟我们同住一舱室，不将这事挑开，心里反而会觉得多少有些别扭。

渐渐地我听到了些风声，不知道是从哪里传出来的，说般鱼是被沉海船长的侄子。这让我为般鱼感到了深深的忧虑，虽然我不谙世事，但我也清楚这传言对长角船长、对般鱼意味着什么。可令我不解的是，过了段时间，般鱼竟然被擢升为护卫队护卫次长。我想破脑袋也不明白其中的奥妙，私下我问过皮各，他也说对这件事看不懂。我很郁闷，般鱼成了我的上属。

随着般鱼的擢升，在我们共住的舱室里，画质在我和皮各面前，腰板也比以前硬挺了不少。皮各有一个很好的比喻，来形容这种情势，叫"一人得道，鸡犬升天"。

甭管他是鸡犬升天还是海鱼升天，我此前不喜欢画质是因为他和般鱼私藏匕首深怀戒心，让人觉得既阴郁又危险，我此刻不喜欢他是因为借着般鱼的擢升他趾高气扬。皮各劝我看开些，说在他们那里，这种状况多得很，要学会释然。在这孤寂而漫长的海上旅程中，能遇到皮各这样的人，我觉得我很幸运，我觉得他就像洁白的浪花，晶莹而美好。

遵船执觅匆口令，画质由交易司调转到了烹食组。我不清楚船执出于什么考虑，将画质调到了烹食组，他私下里曾说他不喜欢烹食。

他喜不喜欢烹食不是我关心的事，他到了烹食组一段时间，晚上回舱室后他提到卡梨的次数逐渐变多，到后来他竟然宣称他喜欢卡梨。啊，海神啊，他怎么能有这么不可饶恕的想法！我差点儿晕厥，我感到心烦意乱，我想马上见到卡梨，我想将画质推到海里喂大鲨鱼……皮各感受到了我情绪的异常，有一天只我们两人时，他问我是不是有什么心事。我实在憋不住，就告诉了他我的苦恼。

皮各充满笑意的眼睛像两条弯月，他给我出主意让我向卡梨表白。我本能地拒绝了他的提议，向卡梨表白？我连想都不敢想，我不熟识她，我甚至都不知道她喜不喜欢我，向她表白万一失败了怎么办？那太可怕了啊！不能干这事！我问皮各还有别的办法没有。他给我抽丝剥茧地讲析，你们不在一个组里，平素见面或相处的机缘不多，她怎么能了解并喜欢上你？我觉得他说得很有道理，但我没有手段解释他的这个讲析。并且，他还说了一句我最不爱听的话——画质在这块就比你有优势得多。他这人怎么这么讨厌呢！

画质不光给舱室里带回了他喜欢卡梨的讯息，也带回了有关长角船长的消息，往后捕捞上来的最好的鱼，要精良地烹制出来，优先供长角船长吃，这是船执觅匆的命令，谁也不能违抗，如有违反，将被带到忏悔舱重责四十鞭子。什么？哪有这样的道理？凭什么？我觉得做人哪能这样呢！我义愤填膺。可皮各和画质都像看怪物一样看着我。我这样难道不对吗？看他们好像觉得这命令是顺理成章天经地义的。这让我感到很疑惑。说真的，越是和我所居海岛之外的人接触越深，我的疑惑就越多。难道遥远的大海边的人们，奉行的是另一套行世规条？

4

函并晒的盐巴，彻底消弭了大船上的盐荒。他晒的盐，味鲜而清冽，很是爽口，我觉得他对大船的贡献是最大的。随着时间的推移，他晒的盐，不仅满足了大船对盐巴量的需求，也让预备舱里的盐巴堆积如山。

此时的大船，已完全不用再向过往的大小船只换进盐巴。长角船长对这一情势甚是满意，在议事厅里聚集大小各组的主事人，为函并举行了一场声势浩大的嘉奖会，以笃定他在盐巴上对大船的功绩。在这次嘉奖会上，比思本应出席，但他却称身体有恙，偶感风寒，需要静养而未出面。

在这次嘉奖会上，交易司首领蹈具进谏了一个绝妙的主意，他说当下大船上的预备舱里堆满了盐巴，盐巴又是过往船只不可少的紧缺的东西，他们是否可以用预备舱里的那些盐巴，到别的船上去换进一些咱们急需的物什呢。最后，他又紧附了一句："圣明的长角船长，此刻一袋盐巴能换回八篓上好的海鱼啊。"长角船长略一沉思，御准了他的提议。其实，不用蹈具奏明，他也知道预备舱里那储备的并不断增添的巨量盐巴，是一笔浩大的财富。

会后，长角船长、觅匆船执在般鱼及我的陪同下，到我的首领比思的舱室，去探望他。比思脸色干黄，嘴唇龟裂，欠着身子想起来与来客座谈。船执觅匆制止了他，示意他静躺着养病，不必多礼。比思命我沏了两杯滤过的海水，供船长与船执饮用。般鱼看着自己上属的病容，试探着欲语还休地对船长说，是否可以遣令一个女人暂时来照顾一下护卫长的起居。觅匆也将眼神投向了自己的船长，探询他的意思。船长没有说话，只是点了点头。在随后的几天里，觅匆从捕鱼组选了一个名叫督美的女子，前来照顾比思。

在大船晒盐事务火热行进之际，发生了件与此不相谐的事，我们称之为谋刺事件。有天夜里，在函并刚躺下休息、尚未睡着时，一条蒙面黑影从舱窗悄无声息地钻了进来。

因函并在晒盐上的不朽功绩，在船长嘉奖完他之后，出于对有功之人的优待，由船执觅匆下令，分拨局主事雀菌亲自给他选配了一个临海有窗的舱室，供他一人居用。黑影钻进舱室之后，用手中匕首径直刺向了躺着的函并。不知黑影是由于紧张，还是在夜里看不清楚，抑或船在海面上行进有些微微的颠簸，以至于他的匕首失了准头，没有刺中函并的胸膛，刺中了他的左臂。

刀锋入肌的瞬间，函并一机灵，因疼痛而大叫起来。黑影慌了神，丢下匕首，又从舱窗逃了出去。函并的喧叫，引来了护卫兵。护卫兵在了解清楚事情之后，将函并送到医药室去包扎伤口，他们将谋刺当场的匕首，上呈给了病中的比思。比思拖着病体，面见船执，由船执觅匆带领，向船长长角上禀了此事。长角船长颇感意外，也很震惊，下令彻查这个案子，由觅匆牵头，比思侦办。

让我意想不到的是，比思顺着当夜的匕首，循着种种迹象，竟然追侦到了画质身上。我怎么也想不出画质为何要去谋刺函并。不过，在当时事发时，他真的没在我们共居的舱室。画质被带到了忏悔舱，在一顿鞭子的抽打下，他向比思说出了谋刺事件的前因后果。当下在这艘大船上的原大船服顺之人，约计有八十个，他和殷鱼包括在内。他和殷鱼忘不了原船长被沉海时的屈悲，但又没有能力与现今船上的人对抗，函并主事的晒盐，让这大船逐渐富有起来，他和殷鱼谋商之后，就想刺杀函并，毁了大船的晒盐之术，让大船再陷入运转拮据的情势中，渴望随着时光的流逝，大船因生计匮乏而起纷争。

比思将得到的内情，向长角船长和觅匆做了复禀。长角船长在议事厅集召此案的牵头与侦办之人，密商该如何化解这件事。比思的本意，是将殷鱼和画质沉海，并将船上的八十多名服顺之人，严密监控起来。

作为护卫队的小兵，此案的协办人，我都觉得比思的处理太过严厉，如果这样处理，恐将引起大船上情势的不稳。长角船长和觅匆似乎也意识到了这个危境，长角船长皱着眉，轻抿着嘴，仿若在深思，觅匆见船长没有说话，就表露了他自己的主见。他说是不是以盗食进献给船长的烹鱼为由，将画质囚禁起来，此事不要波及般鱼？长角船长同意了他的提议，并严令知情此事的所有人，谨守内幕不得外泄。

船上的人，都知道了画质盗食进献给船长的鱼，觉得他这事做得很丢人。我觉得我也是这件事的得益人，因为我知道自这事之后，他和卡梨之间再没有了任何可能。不管怎样，他曾是我的舱友，我这么想似乎有些不好，但没办法，这就是我真实的想法，我也知道我应对他报以深切的同情。也许，这就是人性，凡涉及自己的关切之事，每个人都是自私的。

比思在女人督美的照料下，身子慢慢复原了当初的强壮。督美履尽了自己的使命，又回到了自己所在的捕捞组。大船上的人发觉了件秘事，恢复了强壮的比思，身居护卫队长的职衔，却经常私下往并不属自己辖域的捕捞组跑。

其实，人们知道比思私下往捕捞组跑的情由，只是都不点破而已。知道这件事的人们，是不是不包括长角船长和船执觅匆？因为我并不清楚，他们两人是否知晓比思的这种举动。

反过来想想，在孤寂而不知前路的海上旅行中，这种情况是会不可规避地发生的吧。就像我和卡梨，虽然我从未去找过她，但我想我对卡梨的情思，就像比思对督美一样，男与女之间的魔力，是无法阻挡的。

第
三
章

1

大船上出现了一件神奇的怪事，有人做了个奇妙的梦。据那人回忆说，梦中他来到一座云雾缭绕的山峰，进入峰顶不时有动听乐声传出的水榭，在水榭里他见到了位白发苍苍仙风道骨的老者。老者请他品尝用那山峰上特有的水煮开的茶，并神秘地告诉他，你们的船长应有妻。

竟有这等怪事？大家都觉得不可思议。热衷传播信息的人将这事向船政觅匆做了上报。觅匆闻言大悦，说这是祥瑞之兆，是船长之喜，是大船之幸啊。

船执觅匆一道谕令在大船上传播开来，蒙上苍意旨，要在大船上的妙龄女子中，为长角船长选配一名德貌双全的妻子。于是，各组都开始了组内女子的内情摸查，所有未曾婚配的女子都在船长夫人的候选之列，这让我有了种不祥的预感。卡梨那么健康、明艳，她要是被选中成为船长夫人该怎么办？我仿佛是一条海鱼，搁置到了沙滩上，有种深深的窒息的感觉。

我想去找卡梨，我体内有种异常强烈的冲动，我害怕她被觅匆选中。皮各对焦躁不安的我说："其实你不用这样，你要想船上有百余名女子，适合长角船长的妙龄女子也不下二十余人，卡梨仅是这二十余人中的一个，不会就那么不凑巧选中她吧？"

　　我想想皮各的话，也确如他所说的，有那么多女子，不会就偏偏选中卡梨吧？这么想，让我心中的焦躁有一些缓解，但我还是很纠结，不管怎么说，卡梨还是在被选之列，她还是有可能被选中的啊！皮各少有地叹了口气，说："这也许就是人的宿命，每个人都有自己的迫不得已，就像你我同在这艘大船上、同赴一场不知前程的旅行一样。"

　　经过各组主事的初选，五名女子的名单，被报到了船执那里。这五名女子当中，就有卡梨。此时，我心中发紧，有种很强的不适感。我觉得我要严肃地考虑一个问题，那就是如果卡梨被选中了船长夫人怎么办。我请求皮各帮我想想办法。皮各双手一摊，耸了耸肩说："你自小就生活在荒僻的小岛上，面朝大海，你就祈求岛神和海神都来保佑你吧。"我知道岛神和海神不一定会来保佑我，因此我暗中企望句桑的在天之灵能帮帮我的忙，毕竟我俩一起生活了那么多年，他无论怎样都不应该推辞。

　　明日就是船长夫人的终选之日，五名女子要在长角船长、船执觅匆和各组主事面前展现自己的才情，然后由长角船长钦点自己喜欢的人。虽然，船执觅匆说过，如果被选中的女子不愿意，可以拒绝船长，但我觉得这是高尚的废话，试想在这种境况下，谁又真有勇气能拒绝呢？在未至终途之前，在这茫茫大海的航船上，船长就是至高无上的。

在明日尚未到来的这个晚上，我让皮各牵线，我在船尾的一个空舱里见到了卡梨。月光冷冷的，透过舱窗，洒在地板上。

"卡梨，你明天就要比选船长夫人，你心里是怎么想的？"我胸内激荡，却有些局促地问。卡梨倒是淡淡地说："我能怎么想呢？那不也挺好的吗？"我无言以对，这和我脑海中盘旋了无数次的情景，真的不一样，也许我一直会错了意，或者我只是单向地喜欢卡梨。确实，我回想起来，她没有一次表示喜欢我，哪怕是一丝的暗示或流露。这让我沮丧不已，卡梨，可能你根本就不属于我吧。

在船长夫人的终选中，在船执觅匆和各组主事面前，在才情展示之后，船长长角选中了卡梨，我仿佛一下子又回到了大船出发前的海岛上，那时我和卡梨在私下低语，尚未成为船长的长角，向我们投来了意味深长的眼神。也许，这一切的一切，由海神在冥冥中促成吧，不然怎么会在鱼腹中出现"船长应有妻"的字条呢？

船长长角将被选为船长夫人的卡梨抱起，轻轻地旋转了一圈，向在场的所有人宣布——"卡梨是这艘大船唯一的船长夫人，她就是我，我希望大家日后能像鼎助我一样鼎助卡梨。"

　　卡梨小麦色的脸上泛起了一抹红晕。此时，宣称喜欢卡梨的画质，正待在囚舱里思过，暗自喜欢卡梨的我，正站在终选场边，为她的终选护卫周全。

　　船执觅匆说，船长的婚事，能为整船人带来好运。从事后的迹象来看，我觉得有个人要除外，画质，在船长大婚后的第三天，死于囚舱。据披露出来的内情，画质因食一款海鱼，引起急性恙症而亡。虽然我不喜欢画质，觉得他阴郁而危险，但我也不希望他在未至终途就撒手而去。

　　画质在一堆熊熊大火中化为灰烬，那蕴含着画质身体的轻尘，在激荡而不猛烈的海风中，由船舷边的护卫兵抓起，撒向滚滚波涛的大海。大海，和往常一样，文静而汹涌，仿佛不知道大船上发生了什么。我想和皮各谈谈画质的毙亡，皮各要我什么都不要说。他说："你看，咱们坐在这艘大船上，大船在平稳地向前航行，这难道不是最好的事态吗？虽然我们不知道前行的航程到哪里，可那又有什么关系？世上的很多事，本就是看不明白的。"

　　很多时候，我觉得皮各就是个智者，虽然他的年龄和我相仿。以前在海岛上，我觉得句桑是个复杂又单纯的老人，此刻在大船上，我觉得句桑犹如一个谜。

　　皮各和句桑，有着清晰的差别和含混的相似。我曾问过皮各这样一个问题，"在这艘二百多人的大船上，如果有机会，你想当船长吗？"皮各却答非所问地说："我觉得我家乡的麻鸭很好吃，尤其用一种特殊的薰香烤出来的。"我没有见过皮各所说的他家乡的麻鸭，不过我觉得如果用他说的薰香烤出来的麻鸭，一定会很好吃的。海面上一个浪头打来，几滴海水越过舱窗，溅在了我和他的脸上，咸咸的，很熟悉的味道。

2

长角船长迷上了一种流液，这种流液呈黑红色，入口略酸带涩，喝多了人会醺醺然醉倒。其实，刚开始喝的时候，长角船长并不是很喜欢，觉得涩口，后来竟然慢慢习惯了它，越喝越爱喝。据我听到的消息，这流液是交易司在与一艘来自遥远的大海彼岸的帆船进行盐巴与薰香交换时，这艘帆船循着礼仪，赠送了交易司一箱十二瓶。交易司首领蹈具亲自将这箱流液贡送给了长角船长，长角船长接到这箱流液时，开启了一瓶，初始不太敢喝，便让随从拿来了一只海碗。他给随从倒了半碗，命随从喝下去。随从面带忧色，战战兢兢地咽了下去。

等待了一天，随从安然无恙，长角船长自己倒了一高盏杯，准备尝尝这种他从来没有喝过的新奇流液，他听蹈具向他贡送时说，在大海岸边的遥远地方，很多人都爱喝这种黑红色的流液，适量喝这种流液能滋养身体，延年益寿。他端起高盏杯，轻轻而优雅地呷了一口。流液刚入口，他觉得口感很差，酸中带涩，一点儿也不好喝，他将这口流液吐到了旁边的痰盂里。他有些愠怒，心想蹈具竟这般不靠谱，给自己贡进了这般下品的东西。

咦？他觉得事情有了些微妙的变化。虽然他将那口流液吐到了痰盂里，但他口里多少还残留了些许这种流液，慢慢地在那股酸涩劲儿过去之后，他竟然有了种甜爽悠长的感觉。他意外地轻"咦"了一声，又端起高盏杯尝试着喝了一口，这次他强忍着那股酸涩劲儿没有吐出来。他静静地含在口里，慢慢地那股酸涩劲儿过去，他舒缓地将这口流液咽到了肚里。不一会儿工夫，那股他觉得甜爽悠长、微微发热的美妙感受，从他的口中、喉里、腹间升起。

蹈具所言非虚，这流液竟是这般美妙，难怪大海岸边遥远地方的人们爱喝。长角船长心里寻思着，一口口将高盏杯里剩余的流液喝完。

长角船长尝到了这种流液的美妙，他邀请自己的夫人卡梨一起品尝，卡梨起初的反应和他一样，在挨过了入口的酸涩之后，卡梨也喜欢上了这种神奇的流液。很快，他和卡梨就将开启的那一瓶流液喝完。慢慢地，他和卡梨都有了种眩晕、手脚不听使唤的感觉。他心里一惊，莫非这流液有毒？他刚想叫随从，头就异常沉重地垂到了桌子上，随后他和卡梨都迷睡了过去。

不知迷睡了多久，长角船长醒来。醒来之后，他觉得神清气爽，全身舒坦。他推醒了卡梨。感触到了这种流液的神奇，在接下来的日子里，他和卡梨经常邀请船执觅匆一起来品尝这种好东西。很快，蹈具所进贡的一箱流液，就被他们喝完。喝完之后还想喝，长角船长心痒难耐，就在次日召见了蹈具，让他想办法再去多弄几箱这种流液。蹈具领命而去，用盐巴交换回来了十箱，上送给了长角船长。

船长这么爱喝这种美妙的流液，这引起了船上众人的好奇，大家也都希望能有良机品尝到这种好东西。蹈具成为了船上很受欢迎的人，很多人都私下里找他，想让他帮着也给自己搞几瓶这样的流液。每当有人找他时，他都双手一摊，流露出很为难的样子说："唉，你也知道的，这流液是当下船长的饮品，如果他不下令，我也不敢给你搞啊。"找他的人想想也是，如果没有船长的御令，让蹈具帮着搞这种流液确实让他为难。

有时我觉得皮各真的是部百科书，连这种流液他都知道，他告诉我这种流液有个好听的名字，叫葡萄酒，是用优等的葡萄酿造而成的，入口酸涩，回味甘甜。我好奇地问他是怎么知道的，他说他从一本掉了封皮的不知名的旧书上看来的，那书上说在大海的西岸边有数不清的集镇，那集镇上的人会酿这种葡萄酒，也爱喝这种葡萄酒，在那里喝葡萄酒是一种风尚。

说真的，我也渴望尝尝这种引人向往的葡萄酒。但在当下的这艘大船上，喝葡萄酒只是船长和船执这种上层人士才有的荣耀。

葡萄酒的巨大诱惑，让船上的众人热情不减。终于，大家议选出了分拨局主事雀菌，让他替大家面见长角船长，陈禀大家渴望品喝葡萄酒的炽烈心愿。长角船长很痛快地御准了大家的诉求，船执觅匆补充了细则，因大船上人员众多，能用于置换葡萄酒的盐巴量有限，无法让大家放开量喝，所以每人每月限量一瓶。虽然每月只有一瓶，但好歹品尝葡萄酒的愿望得到了实现，大家还是很欣喜的。

鉴于每月每人只有一瓶，葡萄酒在众人心中都变得十分珍贵，由此引出了件让人意想不到的事，船上年轻男女比较多，很多年轻男子领到自己的葡萄酒，强忍着巨大的渴望舍不得喝，拿去送给了自己喜欢的女子。有一位男子偷偷将心爱的女子约到船舷边僻静之处，将自己的葡萄酒递给女子，不料那位女子接瓶时手滑，葡萄酒连瓶咣咚一声掉入了海里。女子有些不知所措，男子咽着口水内心懊悔不已。

皮各我俩坐在所居的舱室里，看着面前的两瓶葡萄酒，我们没有想好先喝谁的，皮各提议用猜拳定输赢，谁输了喝谁的酒。他和我讲了猜拳的规令之后，我俩就开始猜拳，一局定输赢。不出所料地我输了拳，我觉得这是一种心情和氛围，输赢无所谓，喝谁的酒不重要。我俩喝着我的酒，看着窗外细浪翻涌的海面，我在想卡梨也经常和长角船长临窗对饮这种神奇的流液吧。

　　我知道自从她成为船长夫人，我们之间就再没有了任何可能。其实，即便她不成为船长夫人，我也难保我们之间会有多少可能。皮各说人与人之间这一生的牵绊，是充满着无限的偶然的，牵手了是合理的，撒手了也是正常的，人世如此，凡生亦如此。

3

　　船上男女的约会，越来越风行，这是人的本性，大家都很认同。由于大船上没有这领辖的规令，人们相约能多私密就多私密，尽量不让别人知道，以免引起一些难以预料的结果。直到陡生了件事，将船上男女的情事，抖落到了明面上来。

　　有两位男子都中意于一位肤色白皙的女孩，女孩难以决断，两位男子又都容不下彼此的存在，就约定了以决斗的方式来了断，生死勿论，赢的一方继续追求女孩，输的一方不能再和女孩有任何接触。

　　那天晚上，朗月在深邃的夜空高悬，群星闪烁，船板上铺洒的月光，犹如亮堂堂的白银，海面的细波低吟，两人在船尾决斗。利刃无情，在打斗中，一名男子的锋刀落下，斩下了对方的左臂。赢得决斗的男子收了刀，断臂的男子抛刀倒地，痛得大嚎了起来。他的嚎叫声，引来了船上的护卫兵。断臂的男子，迅速被送进了医药室救治，决斗胜出的男子被抓捕关进了忏悔舱。比思亲自审问，被关进忏悔舱的男子，将事情的前因后果，都供了出来。

　　审讯笔录撰完之后，比思让他印上了手印。看着这份笔录，比思知道该来的已来临，这份笔录将会到长角船长的案几上，这也事关船上男女情事的走向，囊含他和督美。他和督美可以名正言顺地相约，乃至同居舱室，甚至婚嫁，还是继续私下交往，这份笔录将是破冰石。比思对这份笔录充满期待，又心里没底。大船已在这浩瀚的大海上行航了数月之久，除了长角船长与卡梨的嫁娶，其他有关男女情事的讯息几乎没有。这份笔录，除了所承决斗裁决之意，它更是对船上男女情事的探询。

比思在上禀长角船长之前，先觐见了觅匆船执，将决斗的事详细向觅匆做了汇报。觅匆认真听完、蹙眉思考之后，说你回去好好准备一下，我先向船长简单奏明一下此事，然后你再向船长详细禀奏。比思领命而回，他觐见觅匆的用意已达到，他借着决斗的事，向觅匆详述了船上男女情事当下的境况，亟须船上这领辖内有相关的规令。

由于觅匆的铺垫，比思在向长角船长禀奏的时候，船长大人并未感到意外。在比思禀奏完之后，船长大人御令他裁决决斗之事，对于男女情事之规令，他让觅匆先知会各小组主事思虑，待在合适机宜，召集相关人开一次此领辖的议论会。对于决斗的事，比思心里早就想好了对策，他向船长大人禀奏完回舱之后，就指令护卫兵对关押在忏悔舱的决斗男子，鞭责六十以示惩戒，然后羁押两月面壁思过。

男女情事的议论会，在比思禀奏完之后第七天于议事厅开启。让人意外的是，卡梨也参与了这次议论会。我作为这次会议的护卫兵，站在边上警戒，看着此刻的卡梨，我感觉很有些失落，时光匆匆，每个人的际遇不同，所通向将来的路也不同，如我，如卡梨。在近在昨日的几月前，我还是海岛上的荒僻少年，卡梨还是懵懂胆怯的初成女孩，而这几个月汹涌的波澜，让我们都有了此前不曾想到的烟雨迷蒙。

这次议论会的结果，船上筑立男女阁，专事负责大船上男女之间的恋爱、婚嫁，阁主为卡梨。大船男女之间可以自由恋爱、婚嫁，但婚嫁只能一夫一妻，男女之间恋爱、婚嫁都需到男女阁去登记，否则为非礼之举，犯举者应到忏悔舱接受相应的惩戒。男女情事的规令一颁布，人们一片欢腾，第一对到卡梨所主事的男女阁登记的、不出人们意料的，是比思和督美。两人直接登记为了婚嫁。他们的婚礼，邀请到了觅匆来主持，长角船长也参与了进来，气氛煞是热闹。

热闹是他们的，与我无关，我自有我的冷清。在婚礼上草草吃了几口上好的海鲜，我就回到了所居的舱室，卡梨也出席他们的婚宴，她与长角船长成亲后，愈发明艳动人。我觉得她嫁给长角船长是对的，长角船长能给她较好的生活，而我除了喜欢她，别无长物，什么也给不了她。我虽然理解她的这种选择，但我还是牵肠挂肚，对她念念不忘。真的，情理都是想得通的，可人是感情动物，不是什么都可以拿来用情理度量的。

　　因决斗而被羁押的男子，面壁思过期满后，走出忏悔舱，他就去找自己倾心的那位女孩。可境况却是令他非常震惊，他心爱的女孩竟和他的情敌在恋爱，也就是那位在决斗中被他斩断左臂的男子，并且他们已经到男女阁那里进行了登记。面壁的男子愤怒地指责断臂的男子不遵守约定，决斗输了就应该退出这场情事角逐，而他此刻却和女孩在一起，面壁的男子蔑称他就是吞食自己诺言的牛虻。断臂男子讪讪地无话可说，女孩站了出来，对面壁的男子说，自己之所以选择断臂的男子，是因为她不想与一位凶狠的让她感到害怕的男人在一起。

　　女孩的话，让面壁的男子愣住了。他靠勇力赢得了决斗，却输掉了情事。女孩看断臂男子温柔的眼神，刺痛了他的神经。可他无可奈何，因为他明白，在情事的世界里，勇力并不能消弭分歧，他无法改变女孩的心意。

　　他失魂落魄地离开，女孩扶着断臂男子走向大船上的餐室。断臂男子对女孩说："谢谢你，原吉，今生我定会好好珍惜你，不负你。"女孩甜甜地笑道："傻鱼，我想听的并不是你的甜言蜜语，我只希望能不受海浪侵扰地抵达咱们的归途。到了那令人渴望的终点，你如果愿意随我到我的家乡去生活，我会细心地爱你一生，如果你也有你的家乡想回去，那我会在我家乡祝福你，希望你在似水的时光里能开心、快乐。"断臂男子叫索图，傻鱼是女孩对他的昵称。索图没有说话，眼角有些湿润，他希望这是一场没有终点的旅行，终点在天边，此刻即永远。

4

盐巴，盐巴就是大海航行中的黄金。长角船长掌舵的这艘大船，因函并晒出的盐巴质地优良，口味鲜美，所以交易司在与来往船只的物资交换中，处处占着上风，慢慢地船上也积累起了巨大的财富，善财舱里的上等良物堆积如山，甚至溢出舱外。长角号大船也声名大噪，来往船只中甚至风行着这样的传说：那艘高大威猛、劈波斩浪的长角大船上，到处都堆积着怎么用也用不完的良品好物，船上的男子个个穿金戴银、风流倜傥，女子每每镶玉携翠、妩媚多姿。

这如大旗般迎风飘扬的声名与传说，让有些不怀好意的船只萌生了洗劫的念头，已突生了好几起毫无征兆向长角大船发起骤击的事，这些船只谋备充足，攻法灵活，让大船迭陷险境，好在比思统率护卫兵奋力搏战，悉数挫败了他们的劫击。为此，长角船长嘉奖了他好几次，这让比思在大船上成了似苍鹰般的英雄，督美觉得很有面子，走路、说话底气悠然。

最近的一次激战，发生在三天之前，开战的是一艘比长角号小不了多少的麾船。这是一次比以往任何时候都惨烈的恶战，虽然这艘麾船终究被击退，但长角号护卫次长般鱼在这次恶战中下落不明，有人说他在搏斗中被人杀死，可船上并没有他的尸体；也有人说他投降了敌船，跟着敌人逃向了远方；也有人私传他是因长角船长暗中授意、被比思在乱战中推下了海……总之，谁也不知道他去了哪里。

这种事情的出现，将一种抉择摆到了长角船长的面前，这护卫队到底还要不要升补护卫次长？长角征询了觅匆的想法，觅匆的提议是趁此取消护卫次长。长角在反复琢磨之后，升补了服顺之人中在护卫队里供事的、骁勇善战的孜兽为护卫次长。

他本没必要向觅匆道明他升补孜兽的缘由，但他依然向觅匆说出了他的初衷。大船航行前途莫测，沿路盗寇袭扰，护卫长此职尤为重要，正次衔接似更妥帖，再之服顺之人在船上人数众多，在这肱骨要位上应有他们一人为好。

觅匆赞同长角船长的想法，他心里有根弦动了动。比思对自己的这位新副手展现出了盛情的友好，他邀请这位原是他护卫队里小兵的孜兽，到自己的舱室里共进晚餐，督美为他们的这顿晚餐，从烹食组里带回来了不少的海味。比思打开了自己储藏的一瓶葡萄酒，与孜兽共酌。孜兽颇感意外，也顺了比思的意，两人相饮甚欢。比思略带酒意地说："孜兽次长，咱们前行路上不太平，你我肩上的担子可不轻啊。"孜兽饮了口酒，细细地品了品道："比思大人但有吩咐，孜兽愿为驱驰。"

此后不久，男女阁阁主卡梨找到了孜兽，在海风习习的船舷边，询问了他的情事。孜兽很诚实地道出了自己的现状：尚未有合意的女子恋爱。卡梨听后，沉思了一会儿，然后向他举荐了善财院里的茅束。

孜兽知道茅束，曾见过几次面，没有深交，他的印象中这女子身形姣好，面色粉白，文静含蓄。他觉得能与这等女子牵手，不失为一件幸事，他心下无异议，他也明白自己不能有异议，因为他清楚卡梨绝不是自己想来撮合这桩情事的，自己的升补是由长角船长钦点的，卡梨又来操持自己的情事，这背后的用意已几乎跃然而出。于是，他略带腼腆地说："全凭阁主做主。"

我曾和皮各聊起过孜兽，皮各略做高深地说："孜兽啊，他的情况犹如风中的浮云，千丝万缕，纵横交错。"我不想去深究他这话背后的深意。他转换了话题，和我说大船上有个叫鸟三的人，诗写得很好，他有首诗曾是这样写的：

我身陷混沌，看不清前后左右，

头顶是无尽的浓云，脚下是奔涌的纱雾；

我摸不着你的手，也触碰不到你的呼吸，

你离我有千万里，我心中海灯微燃；

葡萄酒是我的皈依，梦里我看不到遥远的天边，哭泣是生灵的丰碑，茫茫又茫茫，茫茫又茫茫。

皮各背述的鸟三的这首诗，让我意兴萧索，我俩陷入了沉默。

卡梨牵线孜兽和茅束在船上的风亭里会了个面，茅束脸色绯红，会面时没说太多的话。事后卡梨向他转述了茅束的意思：她觉得孜兽像她心中夜晚守在门口灯下望她归来的男子。孜兽瞬间明白了茅束的心意，喜悦泛上他的心头。

接下来他尝试着约了几次茅束，两人在一起的时光，孜兽觉得自己身上的每一个毛孔里，都充满了爱的踪迹。他的嘴唇上留有葡萄酒的残渍，他轻轻地吻了面前的女子，他的鼻间氤氲进了好闻的香甜。他说："茅束，你知道吗？我愿意到深海里去打最肥美的鱼给你吃。"茅束笑道："那味道一定好极了，但我更愿意你平安归来。"孜兽看着浅笑盈盈的茅束，眼神里尽是男人看待女人的深深情意。

男女阁的情事簿上，又多了一对男女的名字：孜兽和茅束。他们登记的是恋爱。恋爱中的人是幸福的人，幸福的人理应得到祝福。说真的，我倒是有些羡慕他们，抛开身外的种种，他们的生命是多么的本真，难道人生归根结底不应该这样吗？不过，与之不和谐的、微乎其微的小道消息，说茅束是长角船长的侄女。在大船上这是永远无法证实的流言，除非流言中所述的人能以海神起誓绝不说谎来承认。

我看着大船上男女间的情事起伏，慢慢地有些茫然，有时候觉得卡梨在自己的心中是那么的逼真，有时候又觉得她的形象是那么的模糊，逼真和模糊，本是不相容的，却又难得地共存，这真是一种奇妙的讽刺。我不知道皮各是否还在念念不忘他远方的姑娘，还是大船上的女子有了他新的意向。他最近向我讲他家乡的事情少了些，我俩聊得比较多的是这艘大船究竟要驶往何方，我俩谁也不知道。也许，未来的事情，就是属于谁也不知道的事情吧。

第
四
章

1

长角船长要在大船上的女子中选一名副妻，船执觅匆下传的谕令，要求各组甄选姿色绝佳的女子上报。我听说卡梨对这件事是竭力反对的，她在长角船长面前哭泣，希望他能取消这个想法，但长角船长没听。她通过私下的了解，发现这是一个叫乌龙的家伙向船执进的言，说在他的故乡，部落的首领除了妻子，都有一些副妻随侍左右，咱们大船长角船长应添增一些副妻，哪怕一名也好。

觅匆觉得这主意甚好，就将乌龙的建议禀明了长角船长。对于这建议，长角船长自然欢迎，但他不知这传令下去会有怎样的反响，于是就与觅匆商议，说暂时先添增一名副妻。谕令下放之后，船上众人议论纷纷，有人说船长选副妻了咱们是不是也可以找副妻，也有人说船上不是履行一夫一妻制吗，船长这副妻与一夫一妻制矛盾啊！更有人说船长选副妻显示了咱们这艘大船的富有……这些话像长了翅膀的鸟儿，飞进了长角船长的耳朵。这些议论引起了他的深思，是啊，自己找了副妻，那其他人要不要找副妻？这副妻也与此前颁令的一夫一妻制矛盾啊！自己是船长，颁令的东西难道要朝令夕改？

他找来了船执，将自己的顾虑说与了他听。觅匆没有流露自己的想法，建议说可以听听乌龙的见解，毕竟这是他提议的，他的故乡流行这种规制，咱们可以看看他们家乡的人是怎么解释的。长角船长觉得这样也好，但他又不方便自己提出这些疑虑，就授意觅匆说谕令下达后，众人间有这些许的议论，让他谈谈自己的想法。觅匆领意，当着长角船长的面召来了乌龙。乌龙对这些议论哈哈一笑，向长角船长及船执觅匆倾吐了自己的想法，他说："船长你肩负着这一艘大船的千钧重任，岂是他人能够相比的？又岂是凡世俗律可以约束的？你娶副妻，我觉得正是云中漂浮的神对你的怜惜，啊，云中漂浮的神是我们故乡的神，愿我们故乡的神保佑你，长角船长。"

长角船长似乎对乌龙的话并不十分入耳，神色间踌躇不已，觅匆打破了沉默，说："尊敬的船长，你带领我们这艘大船，历经千险万难向前航行，所付出的心力远超常人，所以我觉得再有一名女子，和卡梨一起照顾你，是件妥当之事。"长角船长似是下定了决心，舒展开眉头，示意乌龙离开，然后对觅匆道："觅匆，你去安排吧，以合适的策略，我相信你有万全的妙计。"

大船的显眼舱墙上张贴了一张告示，上面文字的大意，基本是这样的：长角船长肩负重任，平素劳累异常，心力消耗极巨，经海神梦示，需再娶一女子，与卡梨一起服侍船长，以保船长身心周全。大船上的男子，大多对这纸告白倾赞同之意，而很多女子觉得此举有冒犯她们之嫌。更有人将自己的心意，上禀了长角船长。乌龙说他故乡有种法术，可以领悟神灵的旨意，不过他在这船上，就不能再去聆听云中漂浮的神的话语，他应接收海神对这事的心意。

觅匆允复了他的诉求，在疏星微闪的夜晚，点亮烛火，齐聚了全船的人于甲板上。在众人面前，置了一个硕盆，里面蓄满了水，乌龙双手在盆里的水中搅动，渐渐地他越搅越快，盆中的水旋成了一道水柱，他口中念念有词，谁也听不明白他说的是什么。人群中有人低声说他念的是梵语，也有人说他念的是咒语，更有人说他就是个骗子。忽然，他"啊"一声大叫，躺到了甲板上，昏睡了过去。水柱失去了外力，轰然塌陷，一半水散于甲板，一半水落于盆中。

夜色凉凉，大船轻颠，甲板微晃，众人在时光的流逝中，静静地看着斜躺的乌龙。好半晌乌龙睁开眼睛，站起身来，洗面之后，向众人说他假借水柱邀请到了海神，在他灵魂出窍时与海神进行了愉悦的交流，海神告诉他女人们的感受是没有不妥的，这事可以让大家出脚裁决，赞同此事的伸出左脚，反对此事的伸出右脚，然后清点，数多者胜。

既然海神谕示，人们没有了异议。觅匆宣布裁决开始，众人伸完了脚，乌龙清点，竟然左脚和右脚的数量相同。众人一看，有些骚动，忽然有人喊道："乌龙，你还没伸脚呢。"众人的目光，齐刷刷投向了他。乌龙一愣，似是感到了压力。他犹豫了下，伸出了左脚。

人群中有人开始骂他。他的这只左脚，注定了长角船长选副妻的胜局。神的旨意，谁能违抗呢？长角船长在褒贬不一的声音中，经过各组的遴选上报，迎娶了一位色艺双绝的女子。长角船长称这位女子是海神送给他的礼物。不过，他还声明，卡梨是他最爱的人，船上的众人要像尊重他一样尊重卡梨。

乌龙犯了件让人羞于启齿的事，有位四十余岁的肥胖女子，向男女阁阁主卡梨告发乌龙侵犯了她。卡梨将这件事报给了长角船长。长角船长告诉卡梨，男女间的事，属男女阁管辖，此事由她秉公裁决即可。卡梨找到了比思，请他协助让乌龙在忏悔舱里招认。这对于比思并不是难事，他将乌龙带进了忏悔舱，我配合审问。乌龙很快就在案纸上按下了他的指印。卡梨依据案情裁决的结果是，海神正需一位男助手，乌龙能与海神顺畅交流，正是海神中意的人选，所以她准备送乌龙到海神那里服侍。

乌龙号哭着渴求面见长角船长，长角船长命随从向他传话说，他尊重卡梨的裁决，他相信卡梨是公正的。于是，在日出的时候，在全船女子的注视中，乌龙被装进了袋子里，由护卫队行刑，将他投进了波涛滚滚的大海之中。卡梨，我觉得我应该重新看待她，她还是我认识的那位卡梨吗？

2

分拨局主事雀菌摊上了事，顺服之人到大船的甲板上抗议，理由是雀菌在盐巴的分拨中不公。此刻船上人们之间物资交换是以盐巴为纽带进行的，如某人有条项链，别人想要，需给她五袋盐巴作为交换，或这人给她也渴求的价值五袋盐巴的东西。

大船上的人做一天工，是以领给这人几袋盐巴来衡量的。因此，盐巴成了大船上人人都渴望拥有的东西，并且越多越好。顺服之人控诉雀菌的理由是，他在盐巴的分拨中不公，其他同工的人干一天可以分得四袋盐巴，而顺服之人干同样的工，普遍一天只能分得三袋半盐巴，他们感到不公平。

顺服之人的抗议，引起了护卫队的关注，比思吻了吻督美，从温软的被窝里钻出来，带领十余名护卫兵赶了过来，维持现场秩序。有人早将这事回禀了雀菌，雀菌没有露面，他清楚此时自己不能露面，他露面也摆平不了这事。他感到很委屈，其实他并没有对顺服之人不公，不知怎么的，顺服之人在做工方面，普遍得不到相关组阁首领的高评，所以他们每天出工所获得的盐巴就要比其他同工的人略少。他带领随从觐见了船执觅匆，向他述明了事情的原委。顺服之人做工的情况，觅

匆平素也听一些组阁首领们说起过。觅匆想了想，带雀菌面见
了长角船长。长角船长示意先安抚疏散抗议的人，然后再择时
间集聚各组首领于议事厅筹商此事该如何解决。

　　究竟谁去安抚疏散抗议之人比较好呢？觅匆心里有很合适
的人选，但他希望长角船长说出来，因此他说："船长先生，
你看谁……"言下之意就是谁去合适呢。长角船长洞察了觅匆
的曲折心思，心下有些宽慰，淡淡一笑道："孜兽吧，他身为
护卫次长，应为咱们大船分忧。"觅匆派人找来了孜兽，向他
诉说了事情的原委，长角船长御令他平息此事。实际上，孜兽
已经听说了这件事，也知道长角船长可能会找他出面的，因此
他早已在想对策。

　　接令之后，他向觅匆提了个请求，就是让他指令雀菌推选
出一到两位每天做工所获得盐巴较多的人，比如能获得五袋以
上的，前提是这人的身份必须是顺服过来的人。觅匆知道他的
意思，应了他的请求。雀菌命人拿来了分拨记录本，从中选出
了一位，推荐给了孜兽。这人很快被找了来，孜兽简略地向他
讲述了此刻眼前的事，并嘱明了他等会儿到甲板上该怎么做。
这人清楚了孜兽的意思之后，两人就出了船长舱，往甲板上
走去。

到了甲板上众人面前，孜兽举双手向下压了压，示意大家安静下来。众人见赶来的人中有孜兽，情绪便先自平复了些，不再那么义愤填膺眼睛发红。

孜兽对抗议的人说："各位船友，我非常理解大家的心情，长角船长是热爱咱们的，是很关心咱们的，你们看，我由于用心做工，这不已经升到了护卫次长了吗？并且，船长夫人还给我引荐了善财院的女子茅束，茅束此刻已成为我的妻子。还有，这位船友努力做工，每天能分得五袋盐巴啊。"

孜兽退后一步，将自己身后的那人推上一步，那人清了清嗓子，向众人述说了自己积极做工，几乎每天都能获得五袋盐巴，有时甚至能得到六袋，没有全力的付出，肯定不会有渴望的收成的。并且自己当下舱里积攒了小二十袋盐巴，想交换什么东西，如果不是特别贵重的，自己一般都能交换得起，就比如葡萄酒，船上限量每人每月一瓶，自己每月可以领一瓶，还可以用盐巴置换两瓶，自己一个月可以享受三瓶葡萄酒，说到这里，那人顿了顿，提高了嗓音，伸出三个指头，略带兴奋地说："三瓶啊，船友们，那可是三瓶葡萄酒！"

那人说完，孜兽迈前一步，接过了话，道："这位船友现在在船上生活得真不错，咱们大家都要向他学习，长角船长对大家是很不错的，大家的想法与委屈，船长大人已经知道，雀菡也是在大船上做事的，他做得不妥之处，船长会批评他，并责令他改正，所以请大家先回到各自的舱里，接下来好好做工，船长大人会着重思考大家诉求的。"

众人在他的抚顺中逐渐离开甲板，回到各自舱室。那人因安抚有功，船执觅匆提携他为优等船员，奖励了他十袋盐巴。

议事厅里，尽管委屈，雀菡还是先向大家申明了自己的失职，各组首领没有说话，长角船长、觅匆坐在首、次席上，长角船长发话，说雀菡还是很不容易的，虽然有些许的失误，但成绩还是最主要的，大家要体谅他的难处。雀菡感激地看了船长大人一眼，坐了下来。觅匆请大家聊聊顺服之人的做工。各组首领纷纷谈了自己的想法，归并起来大致就是他们做工成效低，工序不是很熟稔，有待提高做事水准。最后，大家一致希望能从船上找一个人来对他们进行培训。

船长大人和觅匆都觉得这是个好主意，就采纳了这建议。经过举荐，最后拟定了皮各来对做工低劣的人进行培训。接受培训的人，不光有顺服之人，也有其他人。皮各对自己的这份新差事颇感惊讶，他倒不是对这个差事新奇，而是觉得自己这种闲云野鹤般的人，竟然也能被人惦记、举荐。

依参与议事的人说，是善财院的首领露西举荐的他。露西，一位金发碧眼的二十余岁女子，风姿绰约，她曾和人说皮各学识渊博。我觉得露西很厉害，没与皮各深入相交就能看出他学识渊博，这让我佩服。忽然，我发现自己的这个论断似乎有些不妥，因为我并不能判定他们之间就没有深入的相交。由于皮各新任差职，我拿出了自己这个月的葡萄酒请他喝，并祝他在新的差职上好运。他明白我的用意，神色间好像心已飘向了远方。

3

皮各的培训，逐渐有了成果，大船上做工不够细腻的人，经培训后都有了进步，这些人每天做工分得的盐巴也有了上涨。他们很高兴，皮各从心里也有了助人收获的快感。船上的雅致之人鸟三说，这是一种经验的传播，这也是一种生命的进化。

这家伙总喜欢说一些玄之又玄的话，譬如他说这艘大船不知来自何处，也不知将要驶往哪乡，这情形小则酷似我们每个人，大则也如人类，更乃至世间万事万物及整个宇宙。皮各说鸟三的话说得不错，确实是这样，他说他以前在家乡的时候，从一些书上看到，这个世界上正有很多人在琢磨精研人类是从哪里来的，有人说人类是神灵创造的，也有人说人类是从大猿进化过来的，更有人提出疑问，如果人类是从大猿进化过来的，那大猿又是从哪里产生的？这样层层往前追问，最终谁也回答不上来；还有一些人在追根人类究竟将进化至何方，有人预测人类将来会进化至长命千岁头大身子小，因为人类是靠着脑子从与别的动物的竞争中胜出的，所以将来人类的大脑会越来越发达；更有一些人更是玄妙，竟在研究咱们所见的万事万物都是怎么来的，满天星辰及宇宙又是怎么诞生的，将来会演化成怎样的态势。

我觉得这是个好宏大的命题啊，宏大得远远超出了我这个小脑袋极限的容量，我以前和句桑在那座海岛上的时候，从来不会想到这些问题，甚至可以说是根本没有概念的。真的，我由衷地感叹，这个世界千奇百怪，博大精深。

虽然大船上的人在皮各的培训下，技能有了不小的提升，但仍然满足不了大船上的渴需，随着船上各种工作的展开，船上堆积的财富越来越多，规模也越来越大，诸般事务更是亟须精致细腻，这就迫切需要更多的人来协作推进。不少组阁将缺人的诉求，呈进到了觅匆那里。

这事非同小可，也远非一道谕令就能摆平的。觅匆赶到了长角船长的舱室里协商。长角船长也颇感棘手，他说大家的诉求其实很明确，就是需要增加人手，可人从哪里来呢？觅匆建议再召开一次议题会，大家专程来讨论一下这件事。长角船长摆了摆手，说不用，事实已经很清晰，咱们不可能通过繁衍来增加人手，这耗时耗力又不能尽快解决眼下的切实情况。长角船长的意思再明确不过，觅匆召来了比思和孜兽，将现今船上的情况讲述了一遍。

比思赞同通过武力到其他船上劫掠人才，孜兽提出了另外一种思路，他建议到其他船上招募人才。孜兽的提议，倒是让长角船长和觅匆眼前一亮。最后，长角船长综合考虑，御令比思整兵备战，要有策略地劫掠一些小船，以最小的代价实现船上的需求；分拨孜兽五名护卫兵，到其他船上去招募人才。

比思经过周密的筹备与侦查，选中了一艘有着三四十人的中小型船只。在发动战役后，原本以为自己经过了精心准备、稳操胜券的比思，吃了大苦头。这只小船操持灵活，不与长角号大船靠近，而是保持着一定的距离，这个距离长角号上的弓箭射不到他们，而让比思感到惊恐的是，这只中小船上却有一种弓，可以一次发射五支利箭，这些箭射程远，力道猛，一排快箭下来，比思所参战的护卫兵，就伤亡了一半，他自己右臂上也中了一箭，痛得他龇牙咧嘴冷汗直流。

这仗简直没法打，他急令收兵。参与战斗的护卫兵都撤了出来，躲到了利箭射击不到的地方后，大船急速向前航行，驶离了战区。

一战下来损兵折将，比思不敢直接向长角船长回禀，他先找到了船执觅匆，向他讲诉了这次征战的境况，认为这次角战的失利，主要在于对方的强弓太厉害，完全压制住了自己的武力，使得自己有劲用不上。觅匆安慰了他，向他讲明了这种情况的主要责任不在他，让他不要过于自责。

觅匆将这次战事的情况，向长角船长做了回禀，长角船长听着听着，居然剧烈地咳嗽了起来。侍从递过来一张洁白的素绢，长角船长接过，捂在嘴唇上咳嗽。咳嗽停止后，大家看到素绢上竟有一缕殷红的血迹。觅匆有些难以置信又担忧地问："船长大人，你……"

长角船长止住了他的问话，说没什么，继续这次战况的研讨。随后，他感叹道："时光流逝，外面的变化真快啊，咱们大船当下物资丰饶，战备强大，可在一只小船面前，竟然被打得溃不成军，真不可思议，大船上有人懂这种新型的强弓吗？"觅匆接话说："这可能要下去调查征询一下看是否有人知道。"长角船长点点头，同意了他的说法。谈完战况，觅匆安排侍从护送长角船长到医药室去诊治。

在对新弓的征询中，皮各对这种弓有一定的了解，他说这种强弓名字叫弩，发源于一个在大海东边的国度，那个国度富饶强大，天才般的匠人们经过恶战的洗礼，研造出了这种弩弓。相比于传统的弓箭，这种弩弓射程远，可同时发出多支箭，威力强大，不可小觑。东方那个国度，靠着这种弩弓，打败了周边的很多小国。觅匆带着皮各，参见了长角船长，长角船长脸色有些泛黄，似是没有休息好。

皮各向长角船长介绍了这种弩弓之后，长角船长沉吟了一下，问船上是否也可以研造这种弩弓，皮各摇摇头说："尊敬的船长大人，咱们船上不具备研造这种弩弓的条件，东方那个国度，幅员辽阔，人口众多，且在陆地上，原材料也用之不尽，而咱们毕竟是在一条船上，即便这只船再怎么大，也无法和东方那个国度相提并论，所以我建议咱们去交换。咱们现在大船上物资丰富，盐巴更是质地优良口感极佳，赢得了无数过往船只的青睐，咱们可以以盐巴去置换这种弩弓，是完全可以置换得到的。"

4

交易司首领蹋具领受了一项新的任务，以船上优质的盐巴，去置换回来十把强弩。这让蹋具犯了难，他既对这种传说中的强弩没有概念，根本不知道是什么样的，也不清楚哪只船上能有。他去找比思帮忙打听哪些船上有这种东西，却碰了一鼻子灰。比思因这东西吃了大亏，提到这种东西就没好气，所以他干脆直接拒绝了蹋具的请求。

无奈之下，蹋具想到了护卫次长孜兽，他找到了孜兽，开宗明义说了自己希望得到他的协助。孜兽倒是没有赶他走，而是笑眯眯很友善地问自己能为他做些什么。蹋具说自己根本不知道在哪里能找到这种强弩，希望孜兽能够动用护卫队中的侦查力量事先侦查，只要知道了哪里有这种东西，自己就有办法弄到。孜兽很爽快地答应了他的请求，这让蹋具觉得孜兽是个很不错的人，无形中在内心增强了对他的好感。

我很难想象，像皮各这么通透的人，也会有迷茫的时候。他告诉我，前几天露西约他共进食北鳟鱼，他觉得闲来无事就赴了宴，吃鱼期间露西向他表露了倾慕之情，这让他在高兴之余又觉得有些不可思议，兼之还有些难为情。他嚼着口中的鱼肉，这鱼烹食组做得真不错，味道鲜美，佐料得当，非常好吃。他问露西她们那里是不是很流行女子追求男子。

露西抿掉了嘴唇上的酱料，很轻快地回答说："也不是吧，都有。"在她们的家乡，男子追求女子、女子追求男子都很常见，爱情是很神圣的，对于爱情的追求，男人和女人是平等的。露西的话，让皮各觉得有些别扭，但细想一下她说得确实没错，可不就是这个理？露西说他是个博识的人，博识的人自然都灵通，很少有特别执拗的，只有局限在自己狭隘的思维框架里的人，才会陷于人性中的刚愎。因此，女子追求男子，在他心目中已不再是不可思议的事。

他向露西说自己在家乡有一位非常热爱的女子，那女子温柔多情，正在等他这个流落海上的人回去。露西没有接他的话，而是反问他说："你觉得咱们这艘大船当下在驶往何方？"这个问话皮各答不上来。露西见他没有回答，接着又反问了一句，"你觉得咱们这艘大船现在是在驶往你的家乡，还是远离你的家乡？"这个问题皮各也回答不上来。

露西似乎也并没有想要他的回答，接着又抛出了一个问题，"在你何时回到家乡都不清楚时，你觉得你让你心爱的姑娘在望不尽的远方等你，是一件道德的事情吗？"她这一句话，有着强大的说服力，皮各脸上冷汗涔涔而下。对啊，自己归期未有期，让那位俏人的女子在那里苦苦傻等，是件值得炫耀的事吗？

　　露西能做善财院首领，绝对不是浪得虚名的，她这一连串灵魂拷问，让皮各心中对于远方痴念的爱情蜃楼轰然倒塌。她适时停住了说话，静静地喝着大船上馏分出来的淡纯水。皮各也没再说话，望着舱窗外起伏的海面，似是在思索。两人又坐了一会，临离开时，露西又说了句话，随着境势变化而变化的人，才能在境势的演变中生存下来。

　　皮各问我他该怎么办，我只能苦笑，我唯一喜欢的卡梨，成了船长夫人，这种情势我压根没有经历过，我能知道怎么办？好像皮各他就是随口一问，根本没想着要我的回答。我说："露西有句话说得没错，随着境势变化而变化的人，才能在境势的演变中生存下来，你不是告诉我在书中讲了很多时势造英雄的例子吗？咱们这虽然不是要你成为英雄，但道理是一样的，如果你今生都回不到了你的家乡，你该怎么办？"

　　最后，可能我说得刹不住了口，冒出了一句："也许你在痴痴地等着念着，可能你在远方的姑娘见等不到你，也许早就认命嫁人了呢！"这句话说完，我才觉得非常不妥，可话已说了出来，就如同泼出来的水，收是没有办法收回的，我急忙准备向皮各道歉，皮各向我摆了摆手，"阿鲁，你说得很对，一丁点儿错都没有，在这个情感的局里，我能把守我自己，但我无法把守远在天边的她，她确实也有可能见我迟迟不归而改嫁他人，我们作为水手，浪迹海上，都是有了早晨就有可能没晚上的人，如果我们遇难了我们有什么理由要求她们痴痴等待我们？她们有她们的生活，她们有她们的自由，她们有她们的命理。"

　　我的朋友、博识的皮各，似乎从这情感的迷局中找到了答案，他主动约了露西。露西是一个热烈奔放、充满异域风情的女子，我真的替皮各感到高兴。在这次相约中，他们接了吻。我在想，皮各有了自己的女人，这是件值得祝贺的事情，我到底该送他点儿什么呢？我自小随句桑守居在那座海岛上，我没有什么可资称道的好物什。我想了想，决定将自己这个月的葡萄酒送他，这可能就是我现在最好的东西，也许在他看来这很稀松平常，但这却是我的拳拳心意。

　　皮各很愉悦地接受了我的葡萄酒，并立刻打开邀我同饮。我笑着对他道："这可是我送你的我当下最珍贵的礼物，你不打算收藏吗？"皮各爽朗地笑着说："人生得意须尽欢，莫使金樽空对月。"虽然我不能尽懂他这句话的意思，但我懵懵地觉得他这是一句很牛的话。

　　露西和皮各到男女阁进行了登记，状态为恋爱。在登记的时候，卡梨随口问了句："阿鲁此刻是种什么情形？"她知道皮各我俩相熟，故有此一问。皮各回禀说阿鲁孤身一人。卡梨没再说话，很顺利地给他俩做了登记。

　　自我被裹挟着离开海岛、踏上这漫漫的海上旅程，我就明白我今后的命运，将与这艘大船紧密相关，我与船上的这群人，注定要相融为一体，来共同对抗这旅行中的风险与孤寂。我在想，我是不是也应该像皮各一样，开始接受自己新的"卡梨"？

第

五

章

1

孜兽的招募方式起到了让人羡慕的效果，他从其他船只上招来了三十余人，到这艘大船上做工，这让长角船长很欣慰。这三十余人在正陷于甜蜜中的皮各培训后，做事水准跃然精进，使得大船的办事效率有了不小的提升。这让孜兽无论在各组首领还是长角船长那里，都获得了如春花盛开般的美誉，长角船长说孜兽是一位智勇双全的汉子，将来可以建立不俗的功业。茅束对卡梨表达了深深的谢意，谢她为自己择选了如此让人骄傲的伴君。

卡梨对她的谢意报以欢欣而诚挚的微笑，说："这里面的事情你还不清楚，谢我什么呢？我也是奉命行事而已。"茅束知道她说的不假，没有长角船长的首肯，她又怎么会有此刻的荣焉？

我对皮各说，大船上接下来恐怕不会太平。皮各充满哲思道："这个世界本来就是在曲折中前进的。"他的话让我无法接下去，我不知道他是听懂了我的话有感而发，还是说了一句如浮萍般与我所表述之意无关联的偈子。我不想再谈论我的判断，于是转口问他："你和露西此刻相处得如何？"

皮各吸了口气说："坚守是种美德，随遇而安可能更贴合世界的运行，明知不可而为之，会让自己的前路越来越逼仄。"我清楚他话中的内涵，是啊，他心里明镜似的知道自己重返家乡的可能几乎没有，在这种情形下，执着又有什么符合人性的意义呢？他与露西在一起，并不能说他就不爱那位远方的姑娘了。每个人，在这泱泱的人世间，都有着千花百样的情非得已。

他这句话是在说他自己，还是说我呢，或者两者都有？我忽然顿悟过来，觉得他这句话并不简单，说他自己也适合，点悟我也没问题，甚至既说他又点悟我。他背对着我，看着舱窗外的海面，慢慢地似有意似无意地说："交易司的龙且是位不错的女子。"他这句话的意向，我明白无误地洞晓了里面的所指。

"有些事情勉强不得，卡梨往后生活的好与坏，都与你没有什么关系，"皮各接着说道，"你们本来就是毫无关联的两个人，如果没有那次海上风暴，你们这辈子估计都没有见面的可能。"

他叹了口气："你对她的怦然心动，并不代表她对你的情意所属，退一万步讲，你们果真到了一起，你还会抱有此刻残缺的希冀吗？你得到了她，你还会觉得她那么完美无瑕吗？"

皮各这话问住了我，我还真没考虑过这层面的问题。我发现皮各最近变化了很多，我不知道这种变化是好还是坏，是智者所择还是人性使然。真的，我与卡梨之间不会再有任何情感羁绊，她是她，我是我，我们走在两条注定不能相交的旅途中，她的前路不可能有我，我的前路也不会有她的身影。

她的一切，说到底都与我没什么关系。这就好像我和句桑待在那座海岛上时，我看着海面上来来往往的船只，可能那船只上上演着人世间难得的悲喜剧，可那再悲再喜，又与我有什么关系？长角船长娶了副妻，抑或长角船长动手打了她，她的欢乐与哀痛，与我又有什么关系？我忽然觉得胸口有些发痛，不自觉地眼角竟有些湿润。此刻我明确地感受到了鸟三曾说过的一句话，近在咫尺又远在天边的风裳，会让众生潸然泪下。我抿了抿嘴，压下鼻间的酸涩之意，回应了皮各刚才的一句话，龙且确实是位好女子。

"你再说一遍刚才的话。"皮各转过身，看着我道，眼睛里有了种叫作光亮的东西。我重复了一遍，龙且确实是位好女子。皮各拿出了他这个月的葡萄酒，我俩打开舱窗，迎着湿而腥的海风，喝着那凉凉的葡萄酒，那凉意透彻我的心腹，反让我有了一种人生不过如此的爽意。我对皮各说："喝吧，孤寂的旅途中，难得有这么快意的时候。"皮各没有说话，"咚"的闷一口酒成为对我的回应。我觉得能在这漫长的旅途中，能在这硕大无比又小得可怜的船上，认识像皮各这样一个人，真的是我的幸事。

　　卡梨，我曾经倾心的女子，此刻的船长夫人，以男女阁阁主的身分，约见了我。当然，这次约见的真意，在于龙且。她问我对龙且的印象，我说龙且和你一样，是一位动人的女子。卡梨的眼睛灵巧地转了转，说："那我明白了你的意思，我会给你们创造机会的。"我对卡梨表示了诚挚的感谢，虽然这感谢有那么些许的苦涩。

　　我清楚，在不久的将来，有一位名叫龙且的女子，将走进我的心田，在里面扮演自己的人生多幕剧。我和龙且相约了一次，她告诉我她来自一个叫倭的地方。不管叫倭还是叫咩，对我来说都是一样，我都没有太多的概念。她说她这次出海，她的父母对她依依不舍，谁曾想此刻却流落在这样的一艘大船上，和这样一群莫名其妙的人，共赴一场未知航行的旅程。

　　我说："你有父母真好。"她有些惊奇地问我："难道你没有父母？"我想摇头又不能摇头，说我有父母，但我不知道他们是谁。龙且默然，过了会儿说："有父母和没父母其实一样，我们终将要与他们分离，独自走自己的路，无论是生离，还是死别，他们与我们相交的只是一程。"

　　我认同她的话，我清楚我的父母，与我相交的那一程，是短暂得可怜的一瞬。我看着龙且，龙且说她家乡的人喜欢穿木屐，走起路来踏踏地响，那声音很悦耳，她说将来有机会了她也会让我穿上她精心为我手做的木屐。我没有说话，拉起她到卡梨那里去做了登记。在登记的时候，卡梨问龙且："将来如果能回到家乡，你会带阿鲁回你的家乡吗？"龙且点了点头，回复卡梨说："咱们此刻的航行，虽然终途不明，那终途有可能是我的家乡倭，也有可能是一个我们都没去过的地方，可那又有什么关系呢？无论将来会怎样，我都愿意真实而随心地过好当下的每一天，此前是我自己，此后与阿鲁一起。"

2

　　大船上来了个人，是孜兽引荐的。这个人长角船长很重视，据说他有路子弄到优良的硬弩。在议事厅里，由孜兽和蹈具作陪，长角船长面会了他。他开口提出了自己的期许，五百袋盐巴一张硬弩。蹈具震惊得张大了嘴巴，看着他道："你这要价也太高了吧？"

　　那人没有接他的话，而是注视着长角船长，等待着他的表态。长角船长伸手去捋下巴，却捋了个空，这才想起今天早上，卡梨将他的胡须刮了个干净，缘由是今天他要面见异乡人，她不希望自己的船长看起来长须苍迈。他从不在这琐事上花费心思，就依了卡梨。

　　他平躺在榻上，卡梨先用温热的湿绢巾给他净面。卡梨很细心、很仔细地擦拭着他的每丝肌肤，仿佛怕绵软的绢巾会触疼他的脸庞似的，她是那么的专注、那么的用情。他恍然间犹似回到了年少懵懂的时光，面前的女人恰如自己心畔深印的倩影。卡梨！他低唤了她一声，她没有回应，也没有停下手中的活儿。

　　他忽然觉得对她很歉疚，他的副妻此刻还慵懒地躺在舒适的床上。他的咳嗽好像随着时光的流逝愈发严重，尤其到了夜里。每当他咳嗽急促的时候，都是卡梨在照顾他。他是个爱面子的人，虽然他对副妻的没眼色有些不满，但他不想说出来，既不想让卡梨知道，也不想让外人明晓。

他心中有种不祥的预感，他担心自己的身子有可能会从这咳嗽上出情况。上次到医药室，医者给他开了几种药，嘱他好好服用，并告诉他无大碍，就是偶感了风寒，可他感觉似乎不是这么回事，药他全服完之后症状没有减轻，咳嗽完用绢巾抹擦唇角，绢巾上附带血迹的情况也愈发频繁。

人命由天，这是他脑海里根深蒂固的本念，他知道这是任何人抗拒不了的，不论你是高踞云霄的豪雄，还是跌入尘埃的细贼，谁都没办法逃避。他曾隐约向卡梨流露出这种烦忧，卡梨不失时机地用手盖住了他的嘴，不让他说下去。是啊，说下去她该怎么办？他心里很清楚，她一个弱女子能有什么办法？别说她一个弱女子没办法，就连自诩为伟男子的自己也没有办法。船上的势态一直复杂，他比任何人都体悟深刻。几方力量纠缠在一起，此刻处于平衡的蛰伏。

在自己的掌控中，他们不敢造次。他清楚船上每次大事的背后，都不是那么单纯，但不是每件事都要拿到台面上来说的，船上有船上的行事规矩，即便他是船长也概莫能外。

卡梨给他净完面，正在安静地给他刮胡须。"阿鲁这个人怎么样？"他闭着眼睛，似乎边在思考边低声问。"我不了解他，毕竟没有过深的接触。"卡梨淡淡地说，手上的须刀平静而稳。过了会儿，她又说："那是你们男人的事，我不想干涉，也不想了解。"

他在琢磨着如果自己有难，那接下来大船上的态势将由谁来掌控。慢慢地他竟睡了过去。等他醒来的时候，卡梨已经为他刮完了胡须。他在镜子前看了看无须的自己，觉得这是自己近来最为容光焕发的一天。

他今天的心情是愉悦的，所以当那人向他提出五百袋盐巴一张硬弩的时候，他没有表露出明显的心绪波动。他看着那人微笑着说："五百袋盐巴，这可不是一个像燕子拂过水面的价码，你何以会如此要求呢？"那人倒是也很镇静，不紧不慢道："船长先生，盐巴虽然珍贵，但你有这么多水手，他们可以源源不断地为你生产，所以盐巴对你来说是没有太多价值的。可硬弩就不一样，你当下颇需硬弩来提升你在应对海事烦扰中的强力，所以你不会拒绝这笔交易的。"

长角船长暗赞这是个聪明人，但他仍戏谑地问了句："如果我给你两个选择，弄到十张硬弩和沉海，你选择哪种呢？"

这次那人哈哈大笑起来："船长先生你真是一个有意思的人，要是真有这样的选择，那我毫不犹豫选择沉海，可我知道船长先生是不会给我这个机会的，我这条命远远没有那十张硬弩对你来说重要，我相信精明如船长你，是不难做出英明的判断的。"长角船长认同他的说辞，钦定我协助孜兽来推进这件事。

五千袋盐巴从大船上运走，换回来了十张冷冰冰的利弓。船上的人们议论纷纷，说得最多的大概是蹯具脑子犯短，做了笔亏到海底的生意。

十张利弓运回船上，长角船长从护卫兵中抽调了十名箭手，执掌强弓，并钦点我为硬弩堂主事。这真真超出了我的意料，因为从任何角度想，长角船长都不可能将这么一支精锐的力量交由我执掌，比思、孜兽都是远比我合适的人选。

我向皮各请教这件事，皮各只是说，从他的角度，他很认同长角船长的这个决策，也能体会长角船长这种安排背后的深意。他问我："你难道忘了咱们是怎么劫服了这艘大船的？是谁擒获了这艘大船的前任船长？"皮各不说这事我倒几乎已忘了个干干净净，他这问话不仅没能让我思绪顺应到长角船长这个决策上，反而让我想起了极不愿想起的那位船长临沉海时那复杂的眼神。那眼神，似乎既成了我的荣光，也成了我的噩梦。

伴随着我执掌硬弩堂，护卫队长比思因上次交战伤及右臂落下的残疾，被调离了护卫队，孜兽增升为护卫队长。孜兽与茅束宴请我和龙且吃了顿海宴，茅束同龙且相聊甚欢，孜兽对我道："蒙船长大人信任，你我肩上的担子可委实不轻啊。"我不清楚他想说什么，不过我听皮各说过，他是一个远比比思要厉害的人，所以我就顺着他的话说下去："竭尽所能，以不负船长大人的厚望。"

如果从内心而言，我真的不看重这个硬弩堂主事的位子，虽然可能在很多人眼里，这是一个足够承载荣耀的梦想，我不看重这个位子，就像我原无意这趟海上旅行一样。

3

大船上不知何时起了种传言，说长角船长患了痨病。

往往传言就像长了翅膀的海鹰，弥散得比硬弩射出的利箭还快，逐渐这成了船上不便明说的众知的秘密。在我履职硬弩堂主事后，皮各曾和我交流过，他说此刻船上局势波诡云谲，如果长角船长有了不测，谁来接任船长的位子？这问题我倒还真没考虑过，不经他提醒，我完全没有这方面的概念。我好奇地问他："那你觉得依船上的情形看，谁接任比较合适？"

皮各似乎在思索，皱着眉头说："这不好说，谁接任我觉得吧，是要综合平衡各方面的因素，就是这艘大船上，船员来自四面八方，有原来自失事船只涌上海岛汇聚登船的，有原大船的顺服人员，以及从外船招募来的，这些或大或小都是船上不可忽视的力量。"

听他这么说，我觉得这还真是个不好处理的问题。他建议我去找卡梨了解一下情况，或者说不管眼下局势怎么变化莫测，我承蒙长角船长信任被擢升为硬弩堂主事，且我曾那么中意于卡梨，在这种时候都应该协助他们稳住局势，可能咱们不清楚，但在船上这风平浪静的局面下，也许暗流涌动。

我认同皮各的说法，虽然我不喜欢长角这人，没有他我就不会被裹挟到这艘不知前途的大船上，但当下这局势关系着船上的每个人，我虽说不上有多高尚，可我不希望这船上发生一些危及大家的意外。在我还没来得及找卡梨时，船执觅匆召见了我。他充满忧虑地说："船上众人间流传船长大人身体不好，对此你有什么看法？"

我没有回答他的话，反而向他求证："船长大人果真……"我没有说下去。觅匆也没有回答我的话，只是说："船长大人很不容易，带着咱们将一艘凋敝之船，在航行之中发展得如此物资富饶，武力强大。"我向觅匆表态说："我既然主事硬弩堂，无论在什么情况下，我都会竭力保大船周全。"觅匆大笑："船长大人果然没看错人，硬弩堂托付于你，是船上众人之福。"

卡梨是在医药室旁边的风亭里约见我的，卡梨说船长大人的身体确实不好。我不知道接下来该说什么话。卡梨似乎也没想要我接话，她看着海水若有所思地说："船长大人自有他的安排，他会将接下来的事情安排妥当。"

比思与孜兽之间爆发了冲突，虽然我认为他们之间早晚会爆发冲突的，但我没想到他们会在这个敏感时刻爆发冲突。比思已被调离护卫队，他此刻就职于善财院，对于一个舞枪弄刀的人来说，让他去搞善财之事，他既不热衷，也不会弄，所以他这个善财次长做得异常不顺，善财院里的男女也基本不将他当回事。他虽然卸任了护卫队长，但他对护卫队的情况还是比较熟悉的，这个月护卫队的盐巴支出报到了善财院，院员上报到了他这里。他一看见比自己任职时多了不少，就让院员下去重新核实。那院员核实之后，上报他说护卫队虚报了不少，有三百多袋。比思表达了自己的观点，认为孜兽这个人靠不住，有严重的问题，并向船执觅匆做了汇报。

觅匆有些难以置信，惊讶地问比思："你确定竟有这样的事情？"比思有些惶恐，说："船执大人，我不敢拿这等事开玩笑。"觅匆向长角船长上禀明了此事之后，授意比思暗中进行调查。比思思虑不周，做事鲁莽，孜兽察觉到了他在调查自己，进而细一了解，知道是因护卫队的盐巴支出而起。

他找到了比思，寒暄之后说这事比思本可以找他，他会协助他的调查，没必要背地里行事。比思对他的话起了怒火，两人话不投机，僵持了起来，最后竟然约定要决斗。

真的难以想象孜兽和比思因言辞之事激化到了要决斗的地步，皮各说他们之间的决斗看似是因言辞而起，但实质上他们的暗斗由来已久，英雄本应惺惺相惜，可他们因身外的名和利，不可能和谐相处，这不仅是他俩的问题，也是泱泱众生绕不过的坎。我没有对皮各的评判做出回应，这事我觉得有点儿奇怪，大船上两个如此重要的人物要决斗，竟没有任何方面出来制止或调停。

决斗在人们的流言蜚语中进行，结果并不让人觉得脸上有光。比思左腿被砍下了一块肉，孜兽后背裂了一道口子。两人由各自哭泣着的女人，搀扶着到医药室包扎完毕，回到各自的舱室中休养。很快觅匆知晓了决斗的结果，拜见了长角船长，向他回禀了这件事。

长角船长喝了口医药室开的沏成茶的药，说："他们两个决斗一下，彼此释放一下心中的戾气，也不是一件坏事，待他们养好伤之后，要对两人进行相应的责罚，这个责罚到时由我亲自来颁令吧。"觅匆试探着说："船长大人，这等区区小事，我来代劳吧，你保重身体要紧。"长角船长摆了摆手："这事需由我来办，后面自然会有你应办的事。"觅匆知道自己的这位老首领一向运筹帷幄，所以就遵从了他的意见。

三个月过去，两人差不多都养好了伤。长角船长御令我带领十余名护卫兵，将两人拘捕到忏悔舱治罪，各自因械斗惩处五十鞭子，比思由善财院次长降为院员，孜兽由护卫队长降为护卫次长。这件事的处理结果，让船上所有人都目瞪口呆，心想堂堂两大人物，怎么着也不至于这样。

后来我听传闻说，督美埋怨比思不该这么有失身份，茅束对孜兽也没什么好言辞。我握着龙且的手，颇有些唏嘘，龙且告诉了个我很意外的消息，她说护卫队报的盐巴支出，是长角船长指令护卫队盐巴申领人虚报的，这事属于绝密，谁也不知道的。龙且的话，让我感到很疑惑，长角船长为什么要这么做呢？同时，另一个问题灌入了我的脑海，我问龙且："谁都不知道，那你是怎么知道的？"龙且笑而不答，只是说："这仅限于你知道，除此之外任何人决不能知道。"看她这样子，我心里有了些明白，想到了卡梨。

4

　　也许是酝酿已久的筹谋，也许是临时起意，大船遭到了一艘形如大鸟般的鹰船的袭扰。那是一艘很大的船，两片大帆迎风鼓动，像硕雕扬起的大翅。我竟然有些喜欢那艘船，看着莫名觉得有种美好的诗意。如果能在那样一艘船上度过这样一段海上旅行，我相信会是一种愉悦的体验。我事后和皮各讲起这种感受，皮各说我想得太美好，虽然这船外貌惬然，但可能暗流涌动，因为有人的地方就有纷争。其实，我是认同皮各的话的，这让我异常怀念和句桑在那座荒无人烟的海岛上的单纯的生活。

　　因鹰船的袭扰，孜兽率领护卫队奋力抵抗。鹰船上的水兵们很剽悍，压着阵打得大船上的护卫队抬不起头。孜兽扶着船舷，大声吆喝着督战。比思身为善财院院员，这轮恶战本不关他什么事，但他身为前任护卫队长，肩负大船安危的使命已深入到了他的骨髓里，护卫队兵也是他带领着在恶战的洗礼中慢慢成长起来的。他看着护卫队死伤惨重，在愤慨之际流下了痛惜的眼泪。他愤慨的并不是孜兽指挥不力，而是这种境况下换作自己，也未必能有孜兽打得好。他愤慨的是这不宣而战之下己方的汩汩血流。

比思找到了我，希望硬弩堂出动。身为硬弩堂主事，我也在琢磨要不要或应不应出战。不过，说真的，以前没有做过这方面的事，我真把握不好该怎么应对这局面。对于比思的请求，我是想参战的，但没有长角船长的御令，我不能自作主张。比思明白我的顾虑，他拉着我来到了船执觅匆的舱室里。

鹰船的袭扰，觅匆已知晓，不需我们再回禀。比思直接说出了自己的请求。觅匆笑了笑，说："比思，你此刻身居善财院，这刀晃箭鸣本不应是你关心之事啊。"比思堂堂男子竟有些羞赧，告诉觅匆他哪怕担当一天大船护卫，便一生愿为大船效劳，只要长角船长或船执允许，他还可以披挂上阵，为大船驱除外敌。

觅匆对他的心意很赞许，同时要他不要着急，要相信孜兽能应付眼前的战事。我想了想，对觅匆说咱们应该到长角船长那里请得一道准令，在境况危急时硬弩堂可以投入战斗，有了这道准令，大船就犹如加了一道固安之锁。

船执见我和比思颇为忧虑，就带着我俩面见了长角船长。长角船长半坐在躺椅上，似是有些疲惫。他先是问了外面的战况。比思述讲了一遍，表示战事有些吃紧。长角船长皱眉思索了会儿，转眼看向觅匆。

觅匆明白船长是在征询他的想法，他说："我们应该相信孜兽的战力，不过为稳妥起见，我倒觉得可以让硬弩堂在危急之下参战的，咱们花这么大代价筹建硬弩堂，又付出了那么多精力予以锤炼，此刻正是检验硬弩堂的时候，硬弩堂是咱们大船最为精锐的机动力量。"

长角船长没有说更多的话，同意了觅匆的意见。谈完请令的事，我和比思退出了船长舱，舱里剩下了长角船长和觅匆在谈事。待我和比思赶到船舷边时，看到茅束正站在甲板上，任谁劝也不回到安宁的舱室里。据龙且说，她见此次战事凶险，放心不下孜兽，要亲自站在甲板上为自己的心上人观战。甲板上不时有冷箭射来，一个弱女子站在上面真的不安全，我捡起了地上的一把佩刀，递给龙且，让她护卫着茅束的周全。

一支箭射中了孜兽的左腹，茅束一声尖叫，本能地就要往前冲，企望奔到孜兽身边。督美抱住了她，龙且为她拨打不时射来的冷箭。孜兽额头上冒出了汗珠，他回过头望了茅束一眼，在我看来，那眼神里充满了悲怆，我可以想象，在这场战事中，孜兽自己都没有把握他能幸存下来。茅束的眼光里噙满了闪光的水，那是泪花。

我为茅束和孜兽之间的情意所感动，我原本以为他们这种幕后疑似有长角船长影子的感情是不甜蜜的，是为了某种利益而结合的，但此刻我改变了看法，也许他们的结合有某种利益的羁绊，可他们之间产生出了真实的感情。

还有让我更惊奇的就是比思，因他与孜兽的矛盾，此刻孜兽身陷险境，按理他应该内心如绽开了鲜花般喜悦才对，可他却不遗余力地奔走筹谋，可能按他的说法是他不想让大船陷入危境之中，可这有差别吗？在此刻，大船的安危，即是孜兽的安危；同样，孜兽的安危，即是大船的安危。皮各常和我说，在他们的家乡，人们信奉人之初性本恶，而龙且也和我说过类似的话，说她和她的族人们都认为人之初性本善。比思的表现，真的让我感到很茫然。也许，人性是个复杂的东西，不能武断地用善和恶来定论吧。不管怎样，今天的比思让我很感动，也让我改变了对他的看法。

请令硬弩堂参战，此刻看来是对的，也真的到了硬弩堂需要参战的时候。孜兽、比思、茅束、督美、龙且，乃至每一个参战的护卫队员，我不想他们有不测，哪怕只是受轻伤。硬弩堂队员在我的召集哨声中，配持硬弩聚齐于船舷边。一排排力道刚猛的硬弩射过去，登时将鹰船的攻势遏制住，很快攻守之势逆转。又激战了有两炷香工夫，鹰船有些吃不消，败下阵去，迅速逃离到了硬弩射不到的地方，不紧不慢地跟着我们。

我们撤离了战场，龙且、督美带领女人们收拾战场，茅束搀扶着孖兽到医药室去疗治创伤。皮各充满忧虑地和我说，这场战事只是个开头，大船与那鹰船之间的事，还远远未到结束的时候。我有些讶然，问他何以有如此判断，他用有些嫌弃我看不明白事态的语调说："你看那船不还在一直跟着咱们吗？"我很不以为然："咱们的硬弩，是他们无法逾越的克星，我不担心他们能有什么办法。"皮各抿嘴笑道："这个世界上不只有武力。"他这话我无法接下去，似乎此刻我在他眼中成了一个只懂硬力的蛮夫。

第
六
章

1

像大鸟一样的鹰船，又袭扰了几次，都被我和孜兽联袂逼退。海水熙熙涌涌，大船在娇阳下或细雨中游航，我觉得海的博大可以纳容万物，海的空浩能够让人心胸开豁，意气勃发。

站在船舷边，我看着远方水天相接的地方，是那样的至美。句桑映进了我的脑海，曾经我们在海岛上的时候，我对远在天边的远方，充满了童话幻想般的好奇，当时我没有办法抵达那远方，此刻我和一群本不应在生命中相逢的人，在这艘本不应和我有丝毫关系的大船上，向着那远在天边的远方趋近。

我们在向远方趋近，远方依然在远方，似乎永远无法触及。在时光的流淌中，在向远方的追逐中，长角船长的身子慢慢不好了起来，就如句桑在海水的浸润、海风的抚拂中慢慢衰老了一样。

这漫长的旅行，让我对长角船长有了更深的感悟，他就和我们普通的人一样，也有着孤独、悲伤、落寞，甚至作为一个即将成为老年人的人，娶了我心心念念的年轻的卡梨，我觉得他可能骨子里沉浸着男人对年轻女子的色念，虽然他曾有着伟岸的身躯，有着执着的信念，有着强力的手段，可他终究和我们一样，也是一个普通的人，也逃不过时光对他心灵和身体的洗礼。

　　他能将一艘共居着来路迥异之人的船，在孤寂而危险重重的航行中，执掌得丰饶平和，我感觉真的是很不容易。可惜时光对他不好，我不清楚时光是不是想将他带走，带到我们终将到达而此刻却不能到达、须历经凡世悲苦沧桑才能到达的地方。

　　海神会对一个即将成为老人的人不善，也会让一艘在这浩渺大海上航行的大船发生怪异的事。鹰船向大船上射来了一支箭，箭钉到了舱墙上，这箭惊动了护卫兵。护卫兵取下这支来自敌船的箭，箭上附着一张素锦，素锦上面有着护卫兵不认识的扭扭曲曲的字。素锦被呈送到了孜兽这里，孜兽也不认识上面的字。孜兽将素锦呈送给了长角船长，长角船长对自己家乡的字甚是谙熟，对这种字也是不识。船执觅刍命人将这素锦上的文字用绢纸誊写了五六份，让它们在船上众人间流传，看是否有人能懂这种奇形怪状的文字。

　　有时我觉得皮各是个我很佩服的神奇的人，在船上众人都不识这种文字的局面中，他竟然认识，这让我感到很意外。其实，我原本以为那个会写优美诗篇的鸟三会认识，可令人失望的是他根本就没听说过这种文字。鸟三这个人我不是很喜欢，虽然他会写优美的诗篇，但他在众人间的风评不好，我听有传言说他和两个年轻貌美的女子在相约，却又不到卡梨的男女阁去登记。

大船上规定无论男女，只能和一个异性恋爱或婚娶，而他竟然和两个女子相涉爱河，这让他在众人间赢得了一个不甚雅致的称号——不忠的带着种子游动的鳕鱼。鸟三知道人们在背后送他的这个称号，但他好像不在乎，依然我行我素，我不明白这是卡梨领辖内的浑事，她为何却不管，也许没有确凿的证据吧。

皮各将素锦上的文字，译给了长角船长听，大意是鹰船很倾慕长角大船的富饶，他们想派一位使者来到大船上，觐见长角船长，以觐献他们的诚意。长角船长听完后，没有做出答复。这事在船上传开，孜兽作为船上的护卫队长，没有流露自己的见解，比思却充满担忧地表示不能让鹰船的使者过来，很可能那使者是奸细，来刺探大船上的情报。

和比思有相同想法的人不在少数，他们都不希望鹰船的使者到来，但他们也明白自己只能流露自己的想法，最终这事怎么办还是要由长角船长说了算。我问过皮各鹰船这举动是什么意思，皮各说这可能是一段好戏的开始。我不喜欢他的卖关子，他却惜言如金地不说下去。

长角船长毕竟是长角船长，自有船长的魄力，在大多人都持消极意见的时候，他同意了鹰船的请求。鹰船的使者，坐一艘小筏来到了大船上，觐见了长角船长。他先向长角船长转达了鹰船船主的问好，接着表达了自己对长角船长的尊崇之情以及祝福，然后说长角号大船船执觅匆尚未婚娶，他们船主愿将鹰船上最绰约风情的女子嫁过来，以修两船的秦晋之好。长角船长显然对这位使者抛出的问题感到有些意外，他将眼神挪向了坐在他下垂手的觅匆，因为事关自己，觅匆自然不好表露什么心思。长角船长思考了一下，然后爽朗一笑，答应了这位使者的请求。这让这位使者颇感意外，他原本认为自己这次出行，担子是非常不轻的，却没想到这么容易就达成。他向长角船长表达了诚挚的谢意，回船复命而去。

两船联姻，这是件大事，并且新郎是船执觅匆，大船上的人都很关注。我和皮各坐在自己所居的舱室里，虽然我此刻和龙且相处、皮各和露西相伴，但因为都是恋爱尚未婚嫁，所以还是分开居舱，并没有像长角船长与卡梨那样住到了一起。

我看向舱外，迎着海风，喝着凉凉的葡萄酒，兴致颇好。皮各和我聊联姻的事，他说依此时的情形看，鹰船应该是非常了解咱们大船上的情况，他们肯定知道长角船长的身子骨不好。我点点头，跟着他的话说："这也许就是他们袭扰咱们大船的缘故吧，不然我觉得他们也不会贸然行事，结果却碰了个钉子。"皮各没有受我的话影响，继续着他自己的思路说："他们应该是对咱们船上的情况，做了大量细致的侦测，所以对咱们船上的情况了如指掌，他们希望嫁女与觅匆船执，也应该是有着深深的谋意，毕竟如果长角船长追海神而去，觅匆船执是最有可能掌舵这艘大船的。"我对他这话感到很震惊，虽然大家心中也许有这判断，但直到此刻，是没有人点破这层透明的纸的。

2

鹰船嫁过来的女子，用挑剔的眼神看，也是婀娜多姿的，我笃信大船上的男子都会羡慕觅匆的，即便是我自己，我也会坦诚这一点。但在龙且面前，我是誓死否认的，这是皮各告诉我的，他说在你的恋人面前，千万不要表达你对另一个女子的欣赏。我虽然对他这话将信将疑，但他很严肃地和我说，你相信这点是没有错的，这就是人性。我见他如此郑重，就姑且信了他。

这位婀娜多姿的女子，有个旖旎的名字叫迦晴，后来听人们说她来自一个叫斗罗镇的地方，当时她嫁过来的时候，我是不知道这信息的。迦晴自来到了大船上，船上的所有女子，看她的眼神深处，都有了些嫉妒的底色。

当我和龙且独处时，她问过我，如果有机会在她和迦晴之间执手，我会牵住谁。我想起了皮各给我的忠告，就说："当然牵走你龙且啊，像你这么精灵般的女子，岂是迦晴所能比拟的？"因为我这一句话，龙且笑得像只捉到了海鱼的鸬鹚，她很兴奋地向我许下了一个诺言，说这个月她用她积攒的盐巴，给我弄一瓶葡萄酒。

我彻底相信了皮各的话，在这之前我的人生很简单，在海岛上是和句桑这位老人共居，在大船上恋慕卡梨而未得，我真的对女人这种动物了解匮乏。因为一句话而得到一瓶葡萄酒，我觉得这是超划算的一件事。喜欢龙且，让我领悟到了这个世界的柔情蜜意。龙且也是好样的，她遵守了自己的诺言，给我弄到了一瓶上好的葡萄酒。

在喝着龙且为我弄的葡萄酒时，我吻了她。这是我长这么大第一次吻一位女子，我紧张得额头有些冒汗，手足无措，两手尴尬地下垂着，不知道是该搂她好呢，还是背到身后。

龙且个子比我矮一些，她闭上了眼睛，脸微微上扬。我的嘴上带着葡萄酒的残渍，吻她的时候将这酒的残渍印到了她的唇上。她呼气，淡淡的甜香钻进了我的鼻子，溜进了我的大脑。此刻我才意识到，恋爱原来是这么美妙的一件事，我痴长了这么多年。

与我的甜蜜相映衬，皮各和露西之间有了些不快，露西不希望他再喝葡萄酒，缘由是喝葡萄酒对身子骨不好。听了这话，皮各差点儿没跳起来，他悻悻地说作为一个男子不喝酒，人生还有什么意思，他向露西表达了不喝酒毋宁死的豪情。露西对他的这种执拗，也颇无奈，她对喝葡萄酒对身体不好也没有令人胆寒的证据，所以只好作罢，但她看到皮各喝葡萄酒总会不快的。

后来，皮各就总背着她，找我一起喝他的葡萄酒。皮各向我流露了他对葡萄酒的喜好，说不喝葡萄酒他会觉得日子很爽快，有了葡萄酒相伴他觉得此刻的日子飘飘欲仙。我对他飘飘欲仙的说辞很赞同，真的，喝完酒那种兴致逸飞的感觉，我深有体悟，那甚至会让人有一种超越生死的豪迈。

我感到有些遗憾，在海岛上生活那么多年，句桑将我养大，我竟然不知道世上竟有葡萄酒这种好物，如果知道我真应该给他弄几瓶让他尝尝这人世间男人的珍品，以酬谢他对我的养育之恩。看皮各对葡萄酒这么喜爱，我向他提了个疑问："既然葡萄酒这么好，如果露西让你在葡萄酒和她之间选择，你会怎么办？"皮各对我的疑问表示很痛苦，他说："咱们能不能不要将这问题设置得这么阴阳不调，如果真的出现这种情况，我一定会想办法将两个都留住，我既要继续喝葡萄酒，也要露西不离开我，没了酒不是男人，没了女人的男人也是残缺不全的。"

我以为他会在我的两个选项之间选择。"如果只能选择一个呢？"他似乎有些生气，说："那以后你就甭想再喝我的葡萄酒，喝我的葡萄酒你还想搞掉我的女人，咱们之间的友谊，就会在这海浪的见证下破裂。"说完，他转脸看了看层波鳞起的海面。我哈哈大笑起来，原来那么睿智的皮各，也有自己的人生桎梏啊。

　　觅匆的婚礼，是大船上的喜事。迦晴的风情万种和落落大方，让大船上的男子和女人，心里都有些许不能道明的波澜。长角船长和卡梨，也都参加了他们的婚宴，觅匆向长角船长致以了最浩荡的谢意，谢他为自己做主娶了这么好的女人。长角船长身子比之前清瘦了不少，他在咳嗽之余表达了对觅匆和迦晴最诚挚的祝福，希望他们能在大船上生活得开心、幸福。

　　海风微凉，卡梨劝长角船长早些回到自己的舱室里。长角船长颇为动情地说："今天是我这么多年最好的搭档兼战友的婚礼，我一定会分享他的欢乐，直到婚礼结束。"他这动情的一席话，让他付出了剧烈咳嗽的代价，他拭嘴的素绢上又沾染了斑驳的红渍。觅匆和迦晴过来敬酒，长角船长举起酒杯，对迦晴说："觅匆虽然比我小十几岁，但他是我多年的好兄弟，他今后要请你多费心照顾。"迦晴笑意盈然："长角船长的吩咐，我敢不从命？你放心吧。"三人碰杯，饮尽了杯中的酒。与卡梨临走的时候，长角船长握住觅匆的手，使劲地摇了摇，似是有千言万语，但他什么也没说。

　　时光像振翅远飞的海鸟，划过得毫无痕迹，婚礼的余馨慢慢消散，迦晴也要出来做事。其实，觅匆和她说过，希望她在舱里舒享宁静的旅程，但她以闲了就会无聊为由希望出来做事。卡梨邀请她到自己的男女阁，她却说自己对晒盐更感兴趣。这事流传到了长角船长那里，长角船长发话，让她到晒盐组。因是长角船长的御令，函并自无异议。迦晴以前未接触过晒盐之术，对此完全不懂，函并指令了一位资深的晒盐手带她。

迦晴在对晒盐流露出浓厚的兴趣之外，还对养鸽很感兴趣，她嫁过来的时候，带来了一只洁白的鸽子，这一只鸽子，觅匆命人细心喂养，迦晴做完事回舱，总会与觅匆一起逗逗鸽子，以消除一天来的劳累。

3

迦晴成了大船上男子们的梦中情人，虽然这说法对觅匆船执不敬，谁希望自己的妻子成为别的男人觊觎的对象呢？梦中情人这个词，最先是由那个有着不忠的带着种子游动的鳕鱼之称的鸟三提出来的，当然他不是光明正大提出来的，在这艘大船上，他还不敢不顾及觅匆的面子。男人们听到了这个词，细一琢磨，觉得这个词确实恰如其分，遂都认同了这个词。

其实吧，我倒觉得觅匆船执应该喜悦才对，因为他代表着大船上的男子，实现了他们不能实现的梦想。迦晴面容精致，皮肤白皙，身材高挑，一头漆黑的头发如瀑布般垂下，眼睛黑白分明，闪烁着的光泽，犹如广漠星空里清凉的月辉。

皮各在背着露西与我喝葡萄酒时，曾抛出了个猜测，说鹰船的船长，应该是位女子。我有些好奇他为何会有如此猜想。他对自己的猜测做出了能够自圆其说的解释："如果船长不是一位女子，船长在一艘船上，有着不容挑战的权威，试想哪位男子愿意将这样一位佳人，拱手嫁于他人？"况且，这位佳人还是曾经敌手的副首领。我套用了以前在海岛上句桑曾说过的一句话："无事献殷勤，非奸即盗。"皮各笑得很开心，他觉得我这句话说得非常精辟。但我俩的这些私下议论，也仅限于我和皮各之间，甚至都不能让龙且和露西知道，私下议论这个大事，总之是不好的。

听人们私下说，迦晴是位多才多艺的女子，舞跳得尤其好，她的舞姿翩翩又清扬，那轻纱般的衣袖，在她的玉臂柔绕下，宛如在花丛中翻飞的蝴蝶，她甚至能单只脚尖点地，左臂顺垂，右臂高举，在摇曳的烛光中，旋转二十多圈，这让大船上的无论男子抑或女子，都大为惊叹和折服。妻子有这么出色的舞姿，声名在外，也早已传到了长角船长的耳朵里，觅匆问询了妻子的意见："是不是应该邀请长角船长来一睹你的舞姿？"迦晴很干脆地答应了他的请求，说："长角船长是这艘大船的首领，我们都是他的船员，我们应该为他贡献我们的才艺。"

觅匆向长角船长发出了诚挚的邀请，邀请他到自己的舱室里来品酒赏舞。发出了这个邀请后，以自己对长角船长的了解，觅匆知道他肯定会接受自己的邀请赴约的。他将这个消息很隐秘地传递给了比思，督美的恋人，现在的善财院院员。

比思来拜见了觅匆，问他自己是否要携硬弓埋伏于隔壁舱。觅匆没有说什么，比思也知道觅匆不会说什么的，他也不需要觅匆说什么。比思又试着问了一句，时机呢？觅匆明白他的意思，微一沉吟："看我的暗示吧，我的酒杯一摔，你的利箭就要射出。"

觅匆说完后，又追问了一句："督美不知这事吧？"比思知晓觅匆说的是埋伏这事，摇了摇头，说她不知道。比思微低着头，眼皮上抬了抬，低声问："她呢？"觅匆回答道，"一样。"

　　我暗中接到了孜兽传来的密令，这段时间要严密监测大船不应外传的消息外传，如果有可疑船员即行拘捕，如果有可疑飞鸟，硬弩堂坚决射杀。我不明白孜兽为何要传下这密令，其实这也不用我明白的，他传下这密令，自有他的考量，职责所在，我遵行就是。

　　这事我没告诉任何人，包括皮各和龙且，我知道这肯定是件很重大的事。像我这么不敏感的人，也从孜兽的这道密令中，嗅到了某种不安的味道，山雨欲来风满楼，风已起，山雨还远吗？我不敢妄下判断，大风起，也许伴随而来的是暴雨倾盆，或风卷残云晴空万里。真的应了皮各那句话，在这风平浪静的局面下，也许暗流涌动。

　　长角船长欣然接受了觅匆的邀请，在弯月初升的时候，带着腰悬佩刀的孜兽，走进了觅匆宽敞的舱室。在隔壁漆黑的舱室里，一张硬弓搭着箭，锁死了烛光闪烁的舱室里的主客位。孜兽的到来，让觅匆略感意外，因今晚的品酒赏舞，他已提前谕令烹食组预备了较好的食物，摆于几案之上。鉴于孜兽的到来，他又令人加摆了一桌。三人落座后，觅匆命人将三张几案上的酒杯斟满了酒，他先端起酒杯，对长角船长道："谢谢船长赏光，来敝舱共享这海上旅行中的美好时光，请饮此杯。"三人饮尽了杯中的酒。迦晴的舞在烛光的摇曳中开始。

　　今晚的迦晴，略施淡妆，脸色粉红，更显俏丽。她的舞姿舒缓流畅，给人一种宁静美的享受。长角船长面含微笑地看着她的舞姿，时不时端起酒杯，与觅匆碰一个酒。渐渐地一炷香的时间逝过，觅匆的内心开始波澜起伏，往日他与长角船长的点点滴滴涌上心头。从他第一次出海当船员，他就跟着长角船长，长角船长一点儿一点儿地教他带他，耳濡目染中慢慢地将他培养成了一名优秀的水手，有次他失足落入水中，眼见就要被海浪吞噬被海神带走，是长角船长在危急关头，命人撒下一张大网，将他救了上来。

　　还有上次，一场罕见的大风暴，不知掀翻了多少船只，来自不同船只的人都涌上了那座不知名的海岛，更是长角船长带领大家劫得这艘大船，驶离了那座荒岛，驶向了今天，同时将他推上了船执的位置。长角船长对他的这些恩情善意，他深深地铭刻于心。可是他也有自己的烦恼，他做梦都想坐上船长的位置，他知道做船长很难，要肩负一船老少的起居及安危，哪怕再苦再累他也愿意，他不明白这是一种什么东西在背后驱动着他，是权力的诱惑，还是成就感？

　　他苦苦地思索着，竟有些入痴。内心善与恶两股力量在交战，是最为猛烈的，杯子究竟要不要摔？虽然孜兽在场，但比思也环伺在侧，自己胜算还是很大的。长角船长依然谈笑风生地看着迦晴的起舞，慢慢地觅匆内心的善念占据了上风，他也能察觉到长角船长在迦晴的起舞中洞察了自己内心的隐秘，他的这份镇定自若让自己汗颜！他又转念一想，长角船长身子不好，接下来船长职位有哪些有力的竞争者呢？把握最大的也就是自己，可能还有孜兽吧？但他相信自己了解长角船长，他自信长角船长会任命自己当下一任船长，可他又有点儿不甘心，别人送来的东西，与自己争来的，那体验和感觉会是不一样的吧？可那又有什么区别呢？难道一个人为了追逐某种渴望的东西，就可以违背人性的良知吗？

　　最终，在起舞终场时，他的杯子依然稳稳地站立于几案之上。他忽然明白过来，即便今后自己失去了某些东西，他也笃信自己今晚没有做错，他相信人性有恶有善，他知道人性的恶犹如深渊，他也相信善的力量充满光辉。

4

　　大船在海上像一头巨鲸般游行，时不时激起朵朵浪花，天已有些清冷，好像已将至年底。长角船长躺在自己的长榻上，气息略显微弱，他的眼睛望着舱顶，怔怔地似是陷入了回忆之中。

　　在回忆里他在想些什么呢？也许他想到了自己美好或凄悲的童年，也许他想到了自己出海那九死一生的惊险瞬间，也许他在回味迎娶卡梨那美妙的新婚之夜，也许他在琢磨与副妻相处的庸俗日常，总之如果他不说，没人能够知道他此刻在想些什么。

　　卡梨推门走了进来，低唤了一声船长。长角船长从回忆中回转了过来，他看了一眼卡梨，卡梨的眼中泛着泪光。长角船长温情地说："这有什么好悲伤的呢？卡梨，人生就像一段旅程，有起点自然也会有终点，有的人这段旅程可能会长一些，有的人会短一些，但谁都无法避免这段旅程的终点，大家殊途同归，可能在将来的某种幻空里，我们当会再相见。"

　　卡梨抽泣着说："你如果离开了我们该怎么办？"长角船长沉吟了一下，"对于这艘大船我倒并不担心，新的船长会带领着它，驶向它自该有的将来，我只是有些放心不下你。"他没有提副妻，卡梨也没有问，也许这不应该是她管的或能提的事。"你要好好地生活，每天要吃饱，冷了的时候要穿暖一点儿，别冻到自己，在有分歧的时候不要去和别人争执，你最爱吃生鱼片，爱吃也要适量，不然会对身体不好……"长角船长絮絮叨叨地说着，卡梨反而有些诧异，她所认识与陪伴的长角船长，素日里可不是这样的，素日里的长角船长自信坚毅，很少会像此刻这样儿女情长。

沧海明月，长角船长与觅匆坐在风亭里，两人面前的杯子里，都有着上好的葡萄酒。觅匆劝长角船长身体要紧，少喝些酒。长角船长爽朗地大笑，说："人生快意时须尽欢，我以后的时日无多，难得再与你有这等痛快的畅饮，生死由命，咱们尽力地过好当下就好。"觅匆见长角船长的神色比往常要好一些，他举起杯子与长角船长碰了下，两人将杯中酒一饮而尽。长角船长喝完酒，逸兴俱飞，豪气干云道："想我长角，年幼丧父，童年颠沛流离，什么样的苦没有吃过？人生在世，当该有一番事业，我自认海神待我不薄，赐我今日之地位，虽死无憾矣。"

觅匆无言，他的心在揪着，他对长角船长有着复杂的情感，他希望他这位挚友能永伴自己，他又希望自己能有更广阔的天地，身为男子，长角船长拥有的豪情，他觅匆的骨子里和热血里一点儿也不缺。

长角船长抬头仰望浩瀚的星空，问觅匆说："如果我去了你会怎么安置我的后事？"觅匆想了想，"我会以最隆重的葬礼助船长你升腾星空。"长角船长似乎神游天外。

两人又碰了杯酒，酒凉而冷。觅匆试着问询长角船长道："以船长你的雄才大略和深远筹谋，接下来这船上由谁来主持大局？"长角船长放下手中的酒杯，抿了抿嘴，意味深长地说："觅匆，你跟了我十余年，我的秉性你了解，我给你的你要接着，我没给你的你不能抢。"觅匆有些尴尬："船长你说的极是，我跟了你十余年，你犹如我亲生的兄长。"

长角船长淡淡地笑了笑："迦晴的舞，确实跳得挺好，但那晚你的表现却没有迦晴的舞跳得那么好。"对于长角船长这话，觅匆并不觉得意外，这也印证了他当时的想法，他觉得当时长角船长应该就看出了自己的伪装。

觅匆叹了口气，口气中竟似有些哀伤："请大哥处罚，无论你怎么降罪于我，我都没有任何怨言和委屈。"大哥这个词，出现在他口中，对于长角船长的称呼，那已是数年前，这几年他几乎没再称呼过他大哥，尤其当他做了这艘大船的船长，那是多么难忘的往事啊！长角船长一口喝掉了杯中的酒，似乎又恢复了往日的挥斥方遒："说处罚倒大可不必，但你要明白诸事运行的规制，辽远的大海，自有你奔腾的季节。"

在喝酒将告终尾的时候，长角船长向觅匆道出了他的设想，由觅匆接任船长，以孜兽任船执、比思任护卫队长为宜，阿鲁硬弩堂主事不变。觅匆有些疑惑地问道："上次你授意护卫队队员虚报盐巴预算，导致比思与孜兽产生了严重的冲突，他们二人因此还受到了严酷的处罚，而现在你却这么安排，这究竟……"

觅匆没有再往下说，等着长角船长给他释惑。长角船长悠悠地舒了口气，似是完成了所有的心愿，或者彻底放下了某种执念，说："我要你将他们再升起来。"其实，觅匆也想到了这一层，但他之前一直没有十足的把握，确定执行这个计划的人会是自己。

在海风轻拂的清晨，长角船长病亡。那个会写诗的鸟三，为长角船长写了首诗：

你不知从何处走来，又不知走向了何处

在你途经人世间的幻光里，你掬起了一捧水

让一艘船，漂向了那时空的深处

那是一段单向的航程，那是一串进化的音符

那更是一缕无法看清的未知的迷思

　　副妻不见了踪影，有人说她舍不得长角跟船长一起到了新的地方，也有人说她害死了船长，逃到了人们找不到的地方。很快，人们就遗忘了她，仿佛她从来就没在这艘大船上存在过一样。卡梨的日子，平淡而宁静，她明白自己今后要慢慢适应这种孤寂。对于长角的离去，她似乎一下子看明白了很多事情，也许这个世界本就是虚妄，一切的一切都是幻象，虚无才是万物的本源。

　　大船在继续航行着，觅匆忽然发觉自己忘记了件异常重要的事，这艘大船究竟要驶向何方？这个问题摆在了他的面前，而长角船长根本没有交代。

第
七
章

1

觅匆迎着海风站在船头，以前长角在的时候，他渴望能当上船长，此刻长角已不在，要他独自掌舵这艘大船时，他却心里开始没底起来。侍从来向他禀报，鸟三要求见他。觅匆应诺了鸟三的请求，鸟三说："此刻你成了这艘大船的船长，你就应该搬进船长舱。"觅匆有些踌躇，说："长角虽然已经不在，但卡梨还在那里住着，不管怎么说，她也是长角的遗孀，我开不了这个口。"

鸟三并不认同他这个观点，提醒他说："你可是我们的船长，要带领我们走向充满未知的将来，如果你没有杀伐决断的魄力，以这种妇人之仁，又怎么能完成海神授予你的这项光荣任务？"觅匆也明白自己这种性格特点，那晚与长角共同观赏迦晴起舞，就是明例，他知道自己不是长角那种倔强自信、意志如铁的人，不过他也承认鸟三说的是对的，自己成了船长，确实应该搬进船长舱。

鸟三向他论述了搬进船长舱的必要性："你接任船长，住进船长舱，这具有一种仪式感，既是你对自己身份的认同，也让大船上的人对你认同，不然你接任船长而不住进船长舱，你让大家怎么想这件事？也许卡梨此刻正等着你让她搬出船长

舱的御令呢？别因自己的不好意思，让这件事陷入比较复杂的
局面。"

　　卡梨很自然地搬出了船长舱，觅匆和迦晴搬了进去，觅匆
发布了一道告令，说卡梨主动请求搬出船长舱，邀请自己和迦
晴入住，这体现出了卡梨深明事理、顾全大局的高尚情操，
尤其在长角船长离开我们不久、大船上各项事宜需要衔接的关
口，这种举动更是难能可贵。

　　与鸟三的接触，觅匆觉得他是个人才，就将他调到了自己
身边做事，充当自己的谋士。

　　不过，他告诫鸟三，要注意自己在男女方面的举止，免得
有过多的负面风评。鸟三自然明白这位新船长话中的意思，他
向觅匆保证自己以后不会再有越矩的事。

　　觅匆话锋一转："船上的人都知道你是位诗人，你是爱好
写诗吗？"谈论到了诗，鸟三有了比较高的兴致，他告诉觅
匆，自己比较崇尚文学，文学是人类认识世界的一种主观描
述，是人类知识库里的瑰宝，而诗又是文学中最为优美的一种
表达形式，自己对文学的热爱，就像自己对女人的热爱一样。

　　觅匆也知道文学这个词，但他这么多年的经历，与文学一
点儿边都不沾，可他骨子里是比较看重从事文学或有着较高文
学素养的人，因为他觉得从事文学的人，都是一帮思想深邃、

有着较高审美品位的雅人，他说："我也比较喜欢文学，只是没有机缘接触，以后你写的诗，可以给我看看。"

鸟三似乎找到了知音，他十分欣喜："尊敬的船长，我很欣喜你也喜欢文学，我那里有本诗集，是一个遥远的东方国度的一位叫陶潜的诗人写的，他其中有一首诗是这样的：'结庐在人境，而无车马喧。问君何能尔？心远地自偏。采菊东篱下，悠然见南山。山气日夕佳，飞鸟相与还。此中有真意，欲辨已忘言。'这首诗写的真是太好太好，是我读过的诗中最好的，尤其'采菊东篱下，悠然见南山'这句，那种自在闲适的情味，让我入迷。"他说得忘情投入，觅匆却听得似明白又似懵懂，或者说似懂非懂。

鸟三忽然想到了一件事，他对觅匆说："听说迦晴夫人的舞是跳得极好，那舞姿有时如行云流水，有时又如小溪浅吟，可有此事？"

觅匆不明白他何以忽然转换话题，就点点头，对他这话报以了认同，想听听他这话背后的潜在之意。鸟三扬了扬头："迦晴夫人能跳得如此好的舞，这敢情是船长你的福分。"觅匆瞪大了眼睛，云里雾里不明白他怎么说一些莫名其妙的话。鸟三接着说："我听说在那个神奇的东方国度，有钱的人都喜欢将诗歌排成舞，让擅舞的女子在优美的奏乐声中跳出来，那种诗、舞、乐三重妙境相融的众妙之妙，真的是妙不可言。"

这真让觅匆开了眼界，他心想那个东方国度的人真会玩，鸟三这说得他早已悠然神往那种众妙之妙，虽然他没体验过，虽然他不擅文学艺术，但他可以以自己的人生阅历去臆想，他问鸟三说："迦晴虽然擅舞，但这没有乐声该怎么办？"

鸟三给他吃了定心丸，给他讲了自己的考虑，他告诉觅匆自己除了喜欢诗歌，还有一项小技艺，就是口技，能以口哨的方式吹出各种乐器的乐声。

觅匆觉得自己今天大有收获，鸟三给自己讲了这么多自己以前完全不知道的深奥知识，他甚至觉得自己此前这几十年过得有点儿太亏，在他的记忆中，他听过一种叫作胡笳的乐器所奏出的声音，他觉得那种声音好听得犹如天籁，他有点儿按捺不住激动的心情，让鸟三马上给他模仿一下那种乐声。鸟三遵从他的要求，给他吹奏了一段。真的没让他失望，鸟三的吹奏惟妙惟肖，甚至可以以假乱真。这鸟三真是个人才，以前怎么没发现呢？觅匆在内心感叹道。他希望能将鸟三刚才诵读的那首陶潜的诗编排成歌舞，他委托鸟三先去谱乐，待谱乐之后再与迦晴夫人排练。鸟三似是遇到了知音，心情舒爽地领命而去。

晚上睡觉时，觅匆在枕榻间将这事告诉了迦晴，迦晴似是皱了下眉道："觅匆，你此刻可是船长，肩负着这艘大船的所有职责，你确定你要欣赏这种歌舞吗？"觅匆似是有些不悦，说："繁忙的事务之余，欣赏一下歌舞，陶冶一下情操，也不为过嘛。"迦晴见觅匆这么说，便道："既然如此，船长你有所差遣，迦晴定不负所托。"

2

欣赏了一次鸟三编排的舞，觅匆心中感慨自己找到了人生的真谛，这是多么好的享受，他甚至开始替长角感到惋惜，当了那么长时间的船长，怎么就没有发觉鸟三这个人才，怎么就没观看到这诗、舞、乐三妙结合的至美之事？从此，只要没有船上的俗事缠扰，他就同鸟三在船长舱观看歌舞表演。比思对鸟三厌恶透顶，多次私下提醒觅匆要勤于船事，远离鸟三这等小人。开始觅匆还会向比思解释，自己观看歌舞表演，只是想在繁重的政务中放松一下身心，后来比思提得多了他就有些不悦，心想这人手伸得太长，竟然管到了自己的头上。

交易司首领蹈具觐见了觅匆，告诉他现在鹰船要求在交换中，原来只需付三袋盐巴的现在要付四袋盐巴。鹰船的要求有些无礼，让觅匆感到很尴尬，也有些愤慨，尴尬的是自己刚任职船长没多长时间，鹰船就提出了这么让他难办的要求，愤慨的是自己的妻子迦晴还是鹰船嫁过来的，自己严格意义上还算是鹰船的女婿，他们一点儿也不照顾自己的处境和大船的利益。

他想了想，没有决断，命人请来了孜兽船执，征询他的意见。孜兽听完了蹈具的陈述，说出了自己的见解："以我之见，这可能是鹰船的一次试探，试探在长角船长离世之后，新一任船长对两船之间的交易怎么看。"觅匆点点头。孜兽接着说："所以我觉得，坚决不能答应鹰船的这个要求，否则后面将会有无尽的麻烦。"

觅匆有些担忧："如果不答应他们的这要求，会不会爆发更严重的事情呢？"

孜兽没有说话，静等着觅匆说下去，想听听他口中的更严重的事情是什么，但觅匆停下了话，没有继续往下说，可能他还在琢磨，或者说在踌躇，气氛陷入了寂静之中。蹈具似是有些忍不住，试探着问道："有什么更严重的事情，请船长大人示下？"觅匆不是很肯定地说："会不会爆发战事呢？"

孜兽没有立即接话，他也在思索，觅匆说的这种可能性不是不存在，鹰船在与老船长长角的较量中，并没有取得胜利，甚至可以说吃了不小的亏，只要老船长在，他们就不敢轻举妄动，但现在老船长已被海神召了去，已不能再护佑大船，而大船晒盐之术发达，经过长时间的积蓄，物资丰饶，在过往的有实力的船只眼中，这简直就是一座移动的金山，让他们垂涎欲滴，而今新船长上任没多久，鹰船就率先发出了这令觅匆船长难堪的请求，这很显然能令人感觉到这只是先招，他们后面的出招会依据大船的反应来抉择，说白了这也是在试探新的船长。

　　这么左右一想，孜兽语气坚定："即便爆发战事，我们也不能答应他们的请求，如果答应，就相当于应诺了他们明抢的无礼要求，会让他们更得寸进尺，即使爆发战争，我们也不用畏惧，我们有对大船忠诚的水兵，还有大船重器的硬弩堂，我们怕什么呢？如果他们敢发动战事，我们迎战就是！"

　　孜兽的话，增长了觅匆的信心，他御令蹈具去回绝鹰船的请求。待众人都退去后，舱室中只剩下了他和迦晴，迦晴喝了口葡萄酒，问觅匆说："尊敬的船长大人，听说我的母船向咱们大船提出了一些交易中的请求？"

　　觅匆本想与她交流一些舞蹈上的事，不曾想她提了这方面的问题，于是有些愠怒说："是的，你的母船有些无礼。"他的愠怒并不是针对迦晴，而是针对鹰船。迦晴显然感到很委屈，她泪眼婆娑，抽泣着说："你这么说，就是错怪了我的母船，我母船上都是一群良善之辈，他们如果不是遇到了困难，断然不会向船长你提出这等请求。"

　　接着顿了顿："我母船的船长也是真心想与大船交好，否则我也不会嫁到这里，我之前在母船上的时候，很清楚地知道，母船上捕捞的三成海鱼，都被拿来换成了必需的盐巴，这影响了母船上人们的生活，致使大家日子都过得比较窘迫，我想我的母船提出这样的请求，也是情非得已，望船长大人成全。"迦晴低下头，抽泣不止。

迦晴的话，觅匆觉得也入情入理，确实如果自己是那艘船的船长，也会向贸易对象提出这样的请求，为自己所在的船只谋利，是件理所应当的事，况且晒盐对自己所掌舵的大船，并不是一件艰难的事，为何不帮他们一把呢？这样，还可以堵死两船发生战事的可能性。

觅匆琢磨着，心思有些活络。迦晴见觅匆不说话，遂大声哭泣起来，眼泪成串地往下掉，说觅匆心肠冷硬，自己母船的好意没有得到尊重，觅匆以后甭想再看自己的起舞。不再给觅匆进行舞蹈表演，这击中了觅匆内心的柔软之处，这就像喝酒上瘾了的人不再让他喝酒一样，这会让他的心绪发生错乱，觅匆现在似已对舞蹈达到了入迷的程度。迦晴、鸟三，成了他最离不开的两个人。有时他甚至想，自己之前一直渴望当船长，当上船长之后才发觉，当船长的体验，并不是一件很让人愉快的事，相比于当船长与欣赏舞蹈，他觉得自己更愿意欣赏舞蹈。

他对迦晴说："你别再哭，我答应你母船的请求便是。"迦晴破涕为笑，向觅匆确认他说出的话不会反悔，觅匆向他保证说，自己作为一船之长，说出来的话断无反悔之理。

　　不过，他内心却有些发虚，他已经和孜兽、蹋具商议好了拒绝鹰船的请求，这该怎么办呢？他陷入矛盾之中，自己作为船长，下的令又不能朝令夕改。如何让自己说的两份截然相反的话都生效呢？他陷入沉思之中，在想着解套之策。忽然，他又想到了鸟三，这人脑子活络，说不定他会有更好的方法。

3

既要拒绝鹰船的请求，又要答应他们的请求，鸟三也觉得这事比较难办。他皱着眉耸着肩，两手向觅匆船长一摊，那意思就是我也没有好办法。

觅匆愀然不乐，他甚至很烦躁，觉得别人都不顺遂自己的心意，还与自己对着干。鸟三思虑了很久，建议觅匆可以这样运作，一批盐巴以大船所坚持的价格与鹰船进行交易，一批盐巴以鹰船期望的价格进行交易，这样就既坚持了他向孜兽和蹃具所下的御令，又遵守了他向迦晴所许下的诺言。

觅匆觉得鸟三这个提议很好，欣然接受，内心愈发觉得鸟三是个人才，甚至是自己的知己。

皮各很忧虑，觉得这简直荒唐，他很没信心地和我说："大船可能会衰落。"说实话，我也觉得觅匆羸弱，可能会撑不起船长这个位子，但这又是没办法的事，长角船长指定了他。

我忽然有些怀念长角船长，虽然我不很喜欢他，他将我裹挟到了这船上，他夺走了我心爱的女子。不喜欢归不喜欢，但我承认他是个很厉害的人，并不是谁都能将一群来自不同族群的人整合到一艘船上，并将这艘船带得兴旺发达。

"觅匆更适合做一位艺术家。"皮各看着海水，叹口气说。我岔开了话题，问皮各这艘大船究竟要驶向哪里。皮各苦笑："你问的这个终极问题，我没法回答，我也不知道这艘大船上谁有这个问题的答案。"

觅匆下达的鸟三的建议，照顾到了他自相矛盾的话语，可孜兽和迦晴都不满意。听人说鹰船的人知道了觅匆的这策谕令，鹰船的船长站在船头上，迎着猎猎的海风，大笑着说天助我也。下面人看着船长开心的神态，有人问他何为天助我也，船长看着浩荡的远方，眼睛里似乎能装下整个大海，他说这是一个有关开拓的秘密。

孜兽觐见了觅匆，向他言明了鹰船的虎视眈眈。觅匆拿起一颗交易司用盐巴交换来的，洗得干干净净放在琉璃盏里的叫樱桃的果子，放进嘴里。这种果子他和迦晴都很爱吃，他向蹈具下令每天要给他和迦晴送一些过来，蹈具明面上不便违逆，但内心中颇有些不齿。觅匆吐出了樱桃的核，说："鹰船确实很强大，但咱们有阿鲁执掌的硬弩堂足以压制他们，硬弩堂是他们的克星，所以我相信他们不敢轻举妄动。"

孜兽不是特别认同他的话，向他解释这么长时间没再和鹰船交过手，大船现在并不清楚他们的虚实，在这种不明对方底细的情况下，如果开启战端，没有必胜的把握，即便之前可以用硬弩压着他们打，可如果他们在这段时间内，也装备了硬弩呢？孜兽最后说出了他内心的忐忑。

觅匆也觉得孜兽说的这个确实是个问题，因为谁也不能保证鹰船就不会装配硬弩，如果他们真装配了硬弩，大船还有必胜的把握吗？觅匆想都不用想，如果真出现了这种情况，那这个问题的答案肯定是否定的。觅匆不愿意开战，因为他讨厌打与杀，相比角战，他更害怕打输。他清楚地知道，打输了后果很严重，尤其对于他这名船长而言，他很清楚如果鹰船攻占了这艘大船，等待他的将会是什么结果。

他忽然很后悔，后悔自己当上了这艘大船的船长，现在他发现自己虽然有时也有着满腔豪志满腔激情，但相比这些豪志与激情带来的严重后果，他还是希望自己能稳当些，宁愿不要丰功伟业，也希望能现世安稳。

如果真有了这种状况，应该怎么破局呢？觅匆在思索之后，发自肺腑地向孜兽征询意见。孜兽似是在长时间思考这个问题，见船长询问，他拿出了自己思考的成果，他说："我们应该购置一批能够抵御硬弩的铠甲。"觅匆觉得这个方法行得通，他提出了自己的疑问："什么样的铠甲能顶得住硬弩的射击呢？"

孜兽对觅匆这种连环问笑了起来："这个问题可能就要请我们的护卫队长比思来帮我们测试。"觅匆就委托了孜兽向比思转达这条御令，命他在一月之内找到可以抵御硬弩近距离强射的铠甲，然后由蹈具按照这种铠甲标准，找过往能够生产这种铠甲的船只定量购买。

卡梨，我已很久没见到卡梨，不知道她现在怎么样。自长角船长离开后，她搬出船长舱，大船有感于长角船长对大船的杰出贡献，就分给她一间小小的，一个人居住又刚好合适的舱室。卡梨就在那里平静地住了下来，以至于平静得人们除了到男女阁登记，几乎都快忘记了大船上还有她这样一个人存在。

龙且和我说我们应该去看看卡梨，我看着龙且有些不明白她何以忽然主动提到了卡梨，龙且笑得很开心，开心中又有点诡异，她说卡梨曾经不是你的梦中情人吗？我觉得龙且学东西很快，梦中情人这个词在船上诞生没多久，她就随行就市地搬到了我和卡梨身上。我佯装嗔怒地驳斥她："龙且啊，这可千万不能乱说，卡梨是咱们先船长夫人，咱们不能对她不敬。"

龙且收住了笑："我和你逗着玩呢，我是觉得长角船长走了后，她的生活就孤寂了不少，咱们俩能牵手到一起，还是卡梨她牵的线呢，我觉得咱们去看看她，是很应该的。"

在卡梨的小舱室里，龙且我们仨围一张小桌子而坐，卡梨拿出了一瓶葡萄酒和一碟小鱼干，我们边喝酒边吃鱼干边聊，因为卡梨和龙且是女子，酒量不如我，所以瓶中的葡萄酒大部分被我喝掉。卡梨笑盈盈地说："督美现在已怀孕，过不了多久就会诞下大船上的首位新人类，阿鲁你和龙且还要享受这种恋爱生活多久呢？"

她这话问得我一时之间竟不知道怎么回答，龙且替我解了围，她略带撒娇地说："卡梨姐，你这是催我们到你那里登记婚嫁吗？"卡梨用手指尖点了下龙且的额头："你猜呢？"看着她俩融洽地说笑，我恍惚间仿佛又回到了那座不知名的小岛上，仿佛又回到了句桑还活着的生活中。

4

　　鸟三犯了件让人难以启齿的事，他让一位叫甘潆的女子怀了孕，可他与这位叫甘潆的女子，并未到卡梨所主事的男女阁登记情事状况。甘潆问鸟三这种情况该怎么办，鸟三很清楚地知道这件事传扬出去的恶果，轻则会被比思拘捕到忏悔舱接受鞭刑，禁闭思过，重则可能会沉海。

　　沉海？这是件想想都让人感到浑身冰凉的恐怖事件。大船的律规中，对有伤风化的事比较敏感，处罚相较其他事更重，这鸟三是心里有数的，他在头大的同时，悔恨自己怎么就让甘潆怀上了，用诗意的说法就是爱情的结晶。

　　他并不认为他与甘潆之间是爱情，或者说现在还没有进展到爱情那一步。这事现在别人还不知道，这整个大船上知道这件事的人，目前为止只有他和他对面坐着的甘潆。如果这事传播出去，即便他能接受大船对他的处罚，当然他会想尽一切办法，不至于让自己被沉海，但他更沮丧的是，他的另几位与他相交甚密的女子会怎么看他，会不会疏远他？他可不想因为甘潆这一棵树而失去一片树林。

　　他于律规于私情都觉得这件事很难办，他想了解一下甘潆的想法，于是他试探着问道："你觉得这件事怎么办为好？"

甘湸充满憧憬地说："咱们到卡梨那里去登记婚嫁，然后将这个小孩生下来，他是咱们这段难忘旅程的见证，以及未来生活的支撑，即便将来大船抵达了它要到的地方，咱们也会因为这个孩子而不会分离。分离是这个世界上最令人悲伤的事，你不是有句诗是这么写的吗——我看着大海的尽头，那里不是分离的故都，相守犹如蜜蜂的蜜，它让连绵而短暂的生命，透进来了让人沉醉的光。"

鸟三心里一阵惘怅，连他也不知道这艘大船将要驶向何方，他是诗人，他有着诗人的浪漫与敏感，他时常对明天充满憧憬，却又悲观得要死，他觉得这艘船，就像细幽的蜉蝣，就像尘埃般的个人，就像浩渺的人类，就像无尽的宇宙，大船上的每个人，谁也不知道这艘大船来自哪里，大船上的每个人，谁也都不知道这艘大船将要去往何处。在来处与去处，人乃至尘世宇宙的万事万物，都卡在这中间，都卡在这当下，谁也不知道人类是怎么来的，人类将要演化到何方，谁也不知道尘世宇宙是怎么诞生的，谁也不知道这尘世宇宙将来会变成什么样，在来处与去处之间，他这个诗人，有种深深的无力感。

大船上的诗人鸟三，在甘湸诵读完他的诗，他犹如斗败了的鲨鱼，倏忽间浑身的劲力仿佛被人抽掉，他虚弱地对甘湸说："我现在还没有想好，你再容我好好想想。"说完，他站起身，失魂落魄地离开了甘涙。甘涙胸腹间充满了忧伤，她觉得鸟三的举止让她异常失望，她知道鸟三在大船上的声名不佳，但她还是愿意与他携手相守，她端起面前杯子里自己这个月分发的葡萄酒，喝了一口，趴在桌子上无声地哭了起来。哭完之后，一个想法在她心中坚定了下来。

在自己的舱室里，此刻与他共居的室友都不在，鸟三光着脚静静地坐在自己的床铺上，他感到自己快要窒息，时光在他脑子里犹如闪电般穿梭，从遥远的黑暗中，一点微光急速驶来，越驶越快，越驶越快，最后快得无法用言语描述，也越来越亮，越来越亮，亮得足以照透一切。这道光，抵至后又急速向远方驶去，驶去，最后驶向了遥远的黑暗之中。

其实，他一直有着很深的困惑，在这短短几十年中，每个人都赤条条来，光溜溜去，在来和去的时候，众生平等，在来去之间，众生的熙熙攘攘、尔虞我诈，究竟是为了什么，究竟值不值得？每个人何不开开心心、快意生活？

恍惚间，他拿起了床边一片硕大的锋利的鱼鳞，在左腕上划了一道，血流了出来，他似乎没有感到任何的疼。他静静地坐着，慢慢地他脑海中浮现了他美好的童年，他随大船远航的点点滴滴，他众多笑靥如花的女伴，慢慢地他失去了知觉。待他醒来的时候，他发现自己躺在医药室里，后来据别人的转述，是他的一个室友回舱，发现了昏迷失血的他，及时将他送到了医药室，他才捡回了这条命。

他在医药室疗伤静养期间，一条消息像柳絮般飘进了他的耳中，甘潥和捕捞组一个名叫遂其的棕皮肤小伙，到男女阁登记了婚嫁。鸟三知道这位名叫遂其的小伙，他是甘潥的坚定的追求者，鸟三听甘潥说过，当时甘潥对他说，有个叫遂其的棕色小伙，对她的追求温暖而持久，要不是和他在一起，她就会考虑答应这位小伙的。

一语成谶啊，鸟三在内心感叹道。他闭着眼睛，静静地躺着，他觉得自己很能理解甘潥的作为，希望她和遂其在一起能静美温润，他默默地为他们送上了自己的祝福。从这一刻起，他就已深深地明白，他今后已彻底不会再与甘潥有任何情感的牵连，这其实还是让他有些难过的，就像自己的美食被别人端走了一样。

在鸟三疗养期间，比思为觅匆船长带来了个可以让他安心的消息，他经过艰难的打探，终于询到了一只虎头船拥有过硬的造甲技能，能够造出可以近距离抵御硬弩射刺的铠甲来。觅匆令比思购置了一套这种铠甲来做测试。当被点名参与测试的护卫兵穿上这身铠甲、两眼紧闭心里做好了为这项测试殉身的准备时，硬弩射来的利箭撞击到了铠甲上，身着铠甲的护卫兵顿感如受重击，吃疼不过大叫一声，噔噔噔后退好几步，他垂眼一看，铠甲完好无损，利箭跌落在他面前几步远。这样的测试结果觅匆船长很满意，他让蹈具用盐巴置换，为大船护卫队每人订购了一套这种铠甲。有了这种铠甲，觅匆觉得自己也可以和迦晴一起睡个安稳觉。

第八章

1

觅匆越来越厌倦船长这职责，虽然船长这一职位，给他带来了别人羡慕不已的荣耀与权力，同时也给他带来了非同小可的压力，这不，鹰船又给他添了新的烦恼。鹰船给他来了封信笺，在信笺上，鹰船说得很客气：

> 尊敬的觅匆船长，自长角船长仙去之后，大船在你的带领下，愈发富庶昌盛，作为友邻之船，我们向你致以诚挚的恭辞，我们船上优秀的女儿迦晴嫁到了你们大船之上，她现在过得可好？我们甚为想念她，觅匆船长阁下，你娶了我们船上的女儿迦晴，你代表着大船，我们与大船之间就是翁与婿之谊，在这种浓亲的翁婿关系下，我们希望咱们两船能互帮互助，共同走向富庶强大之途。因此我们有个不情之请，希望觅匆船长你能将贵船司盐之人函并送与我们，如果船长大人觉得有所不便，我们可以以我们船上有限的物资来置换，请船长大人思虑。

这是绝不可能答应的事情，觅匆心里很清楚，这事关大船最核心的利益，不光他不能答应，即便大船上随便拉一个人，将这个请求告诉与他，他也是不可能答应的。不过，他现在心里是有些底气的，不像之前那么虚，护卫队装备的那些可以抵御硬弩近距离劲射的韧甲，成了他内心最强大的支柱。

现在他发自肺腑地感谢孜兽为他出了这个令他硬气的主意，他有点儿由衷地佩服孜兽的远见。长角真是一个厉害的人！他情不自禁地感叹道。在船上一百多名男子中，他竟能慧眼如炬地发现孜兽，并将他妥善运用起来，这不得不说长角知人善任，他能取得这么大的成就，将一艘破败的大船，带领成一艘团结富庶的大船，这是有深层次的原因的。

拒绝鹰船这个过分的请求，即便开战也在所不惜，觅匆下定了主意。他御令侍从召集了船执孜兽、护卫队长比思、硬弩堂主事阿鲁、交易组首领蹈具，于议事厅商量这件事。他将鹰船的信笺交予众人传阅，待大家看完之后，他抛出了自己的问题，问大家如何看待这件事。比思是个暴脾气，直截了当地说："这没什么可商量的，也没什么可谈的余地，直接拒绝他们就是。"觅匆点了点头。剩余之人的意见，与比思的看法也基本相同。

觅匆在召开这次会议之前就料到了这个结果，他之所以召开这个会议，就是想将如此重要的事一则诉与大家知晓，二则大家共同形成决定。最后，他说出了自己的担忧，咱们拒绝鹰船这个请求，是再合理不过，但这会不会引起战争？说完，他看了一眼众人。

孜兽皱着眉头想了想，说："很有这个可能，鹰船的本意是想占取咱们的晒盐之术，而这是咱们大船在这浩渺无边的大海上的生存之本，这断然不能送与他们，可这大海上也信奉丛林法则，很难保鹰船不会借着武力来抢夺，因此咱们要做好战争的准备，请船长大人放心，如果开战，我等会拼死力战，誓保大船周全。"孜兽的话，觅匆船长爱听，为自己分忧的话，又有谁不爱听呢？

这件事，迦晴也是知道的，她陷入了矛盾之中，论情她是鹰船的人，理应为鹰船考量，在这件事上去影响觅匆。但她知晓自己不能这么做，因为这事关大船的核心利益，不用想都知道大船上每个人对这件事的态度，自己朝夕生活在这艘大船上，如果自己贸然提出与众人相左的意见，只怕自己自身的安全都难以保证，同时她也看出来了觅匆并非乾纲独断之人，他不会在自己的影响下力排众议允了这件事；并且，她嫁到了大船之上，嫁给了大船之长觅匆，她是有了丈夫的人，不可能再回到鹰船之上，这艘大船才是她以后长期的家，觅匆才是以后长期陪伴她的人，这点她不是拎不清楚，所以她觉得自己不能出卖大船的利益，而这让她矛盾异常。

　　还有她更担心的，她被鹰船嫁到这大船之上，是肩负着一定使命的。如果她不履行，她不敢保证鹰船不会采取某种手段约束她。该怎么办呢？她手插在自己的长发里，垂着头很苦恼。其实，有一点她与觅匆是很相通的，安安稳稳平平静静地生活，有什么不好？为什么非要为那些凡世俗务争得头破血流？她明白自己是个俗人，也有着庸常人所具有的那些并不高尚的出于人本性的想法。

　　觅匆授意侍从起草了一封回信，经他修改，给鹰船发送了过去。回信发送过去之后，大船上做好了战斗的准备，护卫队、硬弩堂进入了最高警戒状态。然而，随着时光的流逝，鹰船并没有意想之中的激烈反应，这让觅匆感到有点儿疑惑，难道这次他看走眼了形势？他与孜兽交流了对此的看法，孜兽说了四个字，静观其变。他觉得孜兽说得很对，目前静观其变是最好的策略，反正大船不可能主动去挑衅鹰船，他觅匆还是不愿意两船起争端的。

　　在剑拔弩张的备战中，他最倚重的得力之人比思出了状况，他的妻子督美因为难产，提前到海神那里做了报到。比思伤心异常，他不仅丧失了自己心爱的妻子，还丧失了即将来到这人世、还未与自己见面的孩子。

　　"海神，你为什么要这样对我？"比思面对着督美冰冷的身体，十分绝望。觅匆亲自为督美主持了海葬仪式，他劝比思人死不能复生，督美到了海神那边，会保佑他及整个大船祥和安宁，并要他节哀顺变。督美的离去，对比思的打击很大，他并不是一个没见惯生死的人，他身为大船护卫队长，经历过多次角战，见识了很多生死，但那都不同于督美的离开，督美的离开带给他了痛彻心底的凄凉感。

有督美在，他在外再苦再累，回到自己的舱里，有个人对他嘘寒问暖，一旦督美不在了这一切都幻化成了泡影。

2

　　皮各和露西到卡梨所主事的男女阁登记了婚嫁，据后来卡梨讲，登记的时候，露西脸上洋溢着鲜花绽放般的笑意，问皮各是否真的想好了要与她登记婚嫁，登记了婚嫁在他们的国度，可就意味着要一生一世不分离。

　　皮各握着露西的手，充满深情："露西，我很荣幸能够和你一起到卡梨这里登记，既然决定来登记，我就已彻底想好，无论今后遇到怎样的艰难险阻与诱惑，我都会坚定地与你携手，共同面对，即便大船抵达了它所要到的地方，你要回你的国度，我也会跟随你到你的国度，照顾你，守护你，为你撑起你生命中的白天和黑夜。"

　　听着他们动情的话语，卡梨心绪荡漾地为他们做了登记。在舱室里只剩下我和皮各的时候，我问他是否真正想明白了这件事。皮各似乎陷入了某种情思之中，神游天外地说："你觉得没想明白我会去登记吗？"我有些好奇，追问他究竟是怎么想的。

　　皮各中指轻轻地点着桌面，带着一定的韵律，仿佛是在自言自语道："其实事情也很简单，我想明白了要来珍惜眼下的时光，不再奢想那无法实现的虚妄，不再执拗那无法改变的现世，就像家乡我深爱的那姑娘，我真没把握今生还能回到家乡，我也没办法在我回到家乡的时候那姑娘还在痴痴等着我，既然有这么多的不确定因素，何不敛收心绪，在当下的情景中给自己寻一条新的出路呢？"

说实在的，我很认同他的想法，就像我之于卡梨，那种无望的坚守，是没有任何意义的。

我好奇地问出了我很想问的话题："你能舍下远方的念想，全心爱露西吗？"

皮各没有回答我的问话，而是给我来了一个反问："你想放下卡梨，全心对待龙且吗？"他这么一问，我就完全明白了他的心境，美好的念想未必要去实现，实现了的念想未必就不是想要实现的，海神总会在冥冥中给每人一个合理的安排。

"那你什么时候申请离开这间舱室，调去与露西共居一舱，享受你们静谧的二人世界？"皮各笑了起来，他仿佛看穿了我的心思，"你放心吧，暂时我还没有这个打算，我也舍不得你，等我有这个打算的时候，我一定会提前告诉你的。"我感到很不好意思，似乎耽误了他们的好事，但说真的，我不舍得他搬走，他是我在这大船上孤寂旅程中难得的挚友，虽然卡梨和龙且都带给我了美好的东西，但这三者之间是有着本质不同的。

虽然我心里舍不得他，但我嘴上不饶人地说，"别呀，我可没不舍得你，你既然和露西登记了婚嫁，就应该和她住在一起，快申请搬过去吧。"皮各没有再理会我的话，开始忙碌他接下来要培训的资料。

大船上的日子，就和海面一样，平静的时候居多，波澜起伏只是少数。虽然自觅匆船长回信回绝了鹰船的请求，大船上进入了最高战备，但这种战备是外松内紧，执掌硬弩堂，我现在已熟稔了起来，所以除了形体劳累些之外，心理上并没有太多的压力。硬弩堂与护卫队从大的层面来说，都属于大船的护卫力量，所以信息共享，相互配合。护卫队肩负着主力作战，硬弩堂负责震慑及胶着状况或不利境况下的出奇制胜，所以我很清楚我该怎么安排戒备。船执孜兽私下向我交代了一件事，让我尤其要关注大船与其他船只之间非人为信息的传递，他一点我就明白了他的话中之意。

我和龙且坐在船舷边的风亭里，享受着静谧的闲暇，龙且有些心情低落，我清楚她心情低落的原因，这是个恋家的姑娘，经常会忽然无比怀念自己的家乡，不过说真的，我理解她的这种感受，但很难有很深的体会，因为我从小到大如果说真正的家乡，就是那座不知名的海岛，我的童年记忆里就只有句桑，可现在句桑已不在，那座海岛如果失去了句桑，也就失去了我童年的记忆，不像龙且的家乡，有她的父母宗族，有她的玩伴和牵系。

我曾经半逗她半认真地问了她一个问题："如果将来能够回归家乡，你会怎么看咱们在这段旅程中的情缘？"对于这个问题，龙且充满幸福地说："不管这段旅程将会延伸向何方，你都是我生命中最重要的人，不管将来能否回到家乡，这段旅程都将是我生命中无比难忘的经历，如果将来有幸能够回到家乡，我会向我的父母宗族深情地引荐你，我相信他们会和我一样喜欢你。"龙且的话，让我很感动，此刻我真不知自己应不应该感谢那场导致了众多船只失事的大风暴，没有那场大风暴，可能我现在就孑然一人生活在那座海岛上，就不会有随这艘大船出海远航这诸多深入生命深处的经历。

在我与龙且闲坐的时候，硬弩堂的一名堂员走了过来，俯在我耳边低语了几句。我告别了龙且，来到了硬弩堂的驻舱，硬弩堂驻舱的桌子上放着一只已被射死的白鸽。我一眼就认出了这只白鸽，也很清楚它的主人是谁。堂员呈上了一张据他们讲，是从白鸽腿上套筒里取出的素笺，上面几行蜿蜒的文字我并不认识。

那名堂员问："主事，请问这件事该如何处置？"我想了想道："白鸽你们秘密处理掉，不要留下任何痕迹，素笺放到我这里，这件事对外你们要绝对保密，不许走漏任何消息，就像这事没有发生过一样，你们该怎么戒备就继续怎么戒备。"

　　在场的这名堂员是我信得过的人，我既然这么吩咐，那这事就绝对不会传出去。我怀揣着这封素笺，心里委实很忐忑，我在寻思着要不要将它呈献给孜兽。思索之后，我暂时放弃了这种想法，我觉得还是先弄清楚这素笺上写的什么内容，再做打算为好。

3

翻译这素笺上的文字，我第一个想到的人，就是皮各，在这整艘大船上，若论学识的渊博，到此刻为止，我还没发现有可以胜出他的。皮各看完这素笺上的文字，蹙着眉问我这素笺是谁写的。我心事重重地叹口气：“以你的聪明才智，不难看出这素笺出自谁手吧？”

皮各逐句给我翻译了上面的文字，大意是：

尊敬的船长，我以远嫁大船的女儿之身，诚挚地祝愿您和船上的兄弟姐妹们平安健康，我丝毫不敢忘记船长您将我嫁到这大船之上的初衷，确实咱们船上很需要大船的晒盐之术，而这晒盐之术也是大船的命根子，大船赖晒盐之术以生存，我真切地希望船长大人不要贸然发动战争，这对咱们的船、大船都不好，我发自肺腑地希望这件事咱们的船、大船能以和平协商的方式解决，大船上的人也多良善之辈，我不希望两船在相争中生灵涂炭，我是一个俗世中的弱女子，承担不起那么崇高的宿命，我希望咱们都能现世安稳，以不辜负海神对我们这辈的恩赐。

　　我向皮各确认了他翻译的准确性，皮各有些不悦道："如果你不相信我的翻译，你大可自己看，或找其他人来翻译。"我尴尬地笑了笑，向他解释我并不是这个意思，而是这封素笺太过于重要。素笺上的这些内容，让我悬着的心放了下来，我不希望这封素笺引起大船上同室操戈，即便迦晴是从鹰船上嫁过来的，我也认同她已成了大船上的人，同为大船上的人，我们应该互敬、友爱，虽然我自小生长于海岛之上，不像其他人那么久经世事，不像其他人那么练达人情，我不知道我这种愿望是不是一种奢望，即便是奢望，我也想向着这个方向努力。

　　"你打算怎么办呢？"皮各看着我问，期待我的答复。我现在有点儿后悔截获了这封素笺，如果这封素笺传到了鹰船上，未尝不是一件好事。这事就到此为止，严格保密，权当没发生过吧，我思虑之后，下定了决心，也决计不向孜兽乃至觅匆透露。

　　皮各明白我的意思，也赞同我的想法。皮各感叹道："迦晴也是个俗世中的正常女子，她的所作所为是符合人性的，这才是一个活生生的有血有肉的人。之前我对迦晴怀有浓重的戒意，觉得她是鹰船钉进来的楔子，现在看她确实是个楔子，但至少是个有人情味的楔子。"皮各的见解，也深入我心，我始终觉得，这个世界上没有绝对的好人，也没有绝对的坏人，善恶总是在人性中交锋的，或者说善恶总在一念之间的，如果不危及自己的切身利益，我相信绝大多数人都是良善的。

皮各眼睛里闪过一丝亮色，迦晴虽然来自鹰船，但话说回来，咱们这船上的人，谁不是来自不同的地方？我觉得咱们应该设法帮助她，以便不让她陷入困难的境地，从而在绝境之下做出有违本心的事。我觉得这是我找皮各翻译这封素笺后达成的我最希望看到的默契。

鸟三在医药室养好了伤之后，又在大船上活跃了起来，我对他的精力之充沛，还是甚为佩服的。他向觅匆觐献了一条建议，这条建议让我吃惊得不知该说什么。

他建议的原话大致是这样的：觅匆船长，看着你日夜为了大船的事务繁忙操劳，我等船上之人甚为感谢，请船长您多保重身体，长角船长已然仙去，他的遗孀卡梨夫人，顶着长角船长的光环，在人们的心中，依然有着深厚的影响，我觉得觅匆船长您应该迎娶卡梨，一则可以体现船长您对先船长的尊敬与追怀，又可让先船长的追随力量支持您。据说当时觅匆的反应也是颇感意外的，他料想不到鸟三竟然会提出这样一条建议，他有些疑窦地问鸟三，这样真的可以吗？会不会让人觉得亵渎了长角船长？鸟三向他举了一个远方游牧民族的例子，那个民族勇武强悍，骑强马如驾船，他们那里首领亡故后，其妻子就会由继任者娶下。觅匆瞪大了眼睛，难以置信地问，竟然有这等事？最后，他答复了鸟三的建议，说这事关重大，需要听听大船重要人物的意见。

在大船的议事厅里，觅匆船长、孜兽、比思、鸟三、我和蹈具围坐在长桌前，鸟三将他的意见向大家陈述了一遍，最后觅匆船长请大家发表一下意见，因为来自不同的国度，拥有不同的文化，大家对这个建议的反应也不一。

对于我而言，我虽然没有他们故国里的文化背景，但于情感而言，我是坚决反对的，但我并无决定权。最后大家都表明了自己的意见，孜兽向觅匆道："船长大人，我觉得这最重要的还是要看卡梨的意见，虽然大船上实行一夫一妻制度，但因为船长职责的特殊性，船长可以迎娶一名副妻，这在制度层面倒不是大的问题，请船长定夺。"

觅匆船长委托孜兽试着去向卡梨提一提这件事，迦晴不知从哪里听说了这件事，她哭泣着向觅匆表达了自己的观点，她坚决反对觅匆这样做，他是自己的丈夫，她绝不允许别的女人来分享，如果觅匆执意要这么做，她就死给他看。

这让觅匆很头大，他料想不到迦晴的反应如此之强烈。孜兽向卡梨甫一说明来意，卡梨就拒绝了这件事，她说自己是先船长的未亡之人，难得觅匆船长对她还有兴趣，这和船上人们的情理认知是不通的，并且自己也没有这方面的考虑，谢谢觅

匆船长的好意。希望觅匆船长不要逼迫自己，自己是先船长的
未亡人，身上也是有先船长的勇气的。

孜兽自然明白卡梨的话中之意，遂向觅匆做了复禀。觅匆
见大船上重要人物对这事的意见不一，迦晴和卡梨反对又是如
此强烈，于是这件事就作罢。事后比思对提出这项动议的鸟
三，表达了严重的鄙视，认为觅匆自任船长以来，一些失误的
地方，皆拜这人所赐。

4

大船上一名女子，到卡梨那里告发了鸟三的风流行为，鸟三在与自己交往的同时还与另外几名女子暧昧，自己请求与鸟三到男女阁登记，鸟三却以各种理由推延或支吾，这让她感到很伤心。卡梨将这事回禀了孜兽，孜兽将此事转交给了比思。比思找到那名女子，做了详细的了解，并查看了相关证据，之后在忏悔舱传唤了鸟三。鸟三初始对这名女子所反馈的事情，一概进行了否认，并称自己与这名女子有过节，这名女子是在诬陷自己。

鸟三的这种反应，比思早有预料，并不觉得意外，这是人的本性，当涉及于己不利的事情时，这是很多人正常的反应。他派人去请来了那名女子，那名女子将详细的证据一一列了出来，鸟三还是不肯承认，说这名女子的话是谎言，这些所谓的证据都是伪造的。这名女子彻底愤怒，将鸟三与自己交往的全过程一五一十地讲了出来，并说鸟三左股内侧有一块拇指盖大小的青色斑记。比思见这名女子道出了这么重要的信息，就让她回避，命人褪下了鸟三的裤子。

鸟三怒气布满了脸庞，说自己受到了奇耻大辱般的不友好对待。比思对他的怒火并没理会，只是告诉他："是不是诬陷，以实际的证迹来测判，我既不会完全相信那名女子的话，也不会完全质疑你的话，在你们两人的交流中，出现的每一个有利于定事的信息，我都需要核实。"鸟三无话可说，阴郁着脸，神情极为不快。褪下了裤子的鸟三，左股内侧赫然有一块拇指盖大小的青色斑记。

鸟三还是不服，驳言不断，比思依据手中所掌握的证言和证物，直接定了鸟三的下流罪。比思将整个讯问过程及结果，回禀了孜兽，请求孜兽批示。孜兽清楚觅匆船长与鸟三过往甚密，自己贸然决断会有损大船核心层的团结，所以便在判词上建议按照大船律规惩治，请船长大人定夺。孜兽与比思觐见了觅匆船长，觅匆船长认真看了讯问过程及证物，虽然感念鸟三为自己带来了诸多快乐，但也不便明目张胆地为他开脱，因此御令按照孜兽的意见办。

依据大船上的律规，鸟三这种情况应鞭责五十。就在比思准备要对鸟三履行惩戒的时候，鸟三的风流之事已在大船上传开，又有两名女子来控诉。对于两名女子的所言，比思进行了一一核实，俱属实。与一名女子交往且不到男女阁登记，同时还暗中与另外两名女子交往，这严重有违大船上的律规，按律应判阉刑。当比思侍从将这判令通读给鸟三的时候，鸟三大惊，在他的理解中，自己这充其量也就是领责鞭刑，但没想到自己另外两个女友竟趁火打劫，控诉了自己。

鞭刑后过段时间就可以养好身体，阉割则会毁了自己一世的快乐，鸟三分得清这里面的轻重。他向比思申诉判决太重，比思命人拿来了大船律规，将上面相关条律读与他听。鸟三见律规上确实是这么明令的，无计之下声泪俱下地乞求比思放自己一马，自己以后绝不再犯这类的戒。比思不再与他纠缠，命人将他摁在行刑床上，褪掉了他的裤子，对他进行了阉割之刑，鸟三惨叫连连。行完刑，比思命人将他送到医药室包扎伤口，进行疗养。

相比鸟三受阉刑，带给觅匆的是难过，替堪称自己知己的人难过，久无声息的鹰船则骤然之间带给了他惊吓。鹰船忽然发动了对大船的攻击，对于鹰船的攻击，其实觅匆心里还是有底的，护卫队穿着能够抵御硬弩近距离激射的铠甲，这就已保证了大船会在与鹰船的战斗中不落下风，只要不落下风，凭借着大船护卫队能征善战的孜兽和比思以及硬弩堂，就能在角战中寻找机会胜出。

然而，鹰船带给他了大大的意外，在比思带着大船护卫队、穿着能够抵御硬弩射击的铠甲，信心满满地站在船舷边迎敌时，鹰船上船舷边的水兵，端起一种大船上的人从未见过的长筒，长筒中底部有个扣机。正在大船上的比思和护卫队兵感到好奇的时候，鹰船上的传令兵说了声放，排在鹰船船舷边举着长筒的水兵扣动了扣机，随着一连串爆竹般声响响起，每个长筒口飘起一缕青烟，大船之上的护卫兵就惨叫声不断，受伤倒下。而两船的距离，即便大船硬弩堂上，也还是射不到鹰船的。这太恐怖！比思急忙上报给孜兽，孜兽急令大船加速航行，脱离了鹰船的射程。

　　大船上开始救治负了伤的护卫兵，医药室繁忙异常，从护卫兵伤口中起下的圆珠，放在盘子里送到了孜兽面前，孜兽转给了觅匆。觅匆早听说了鹰船的这种新东西，他曾随口问迦晴这是什么东西，他的随口问也只是随口问问，并没期望迦晴回答。迦晴却似受了惊吓般："船长大人，我一直在咱们大船上，对鹰船上的事务不甚清楚，我也不知道这是什么东西。"觅匆回过来味儿，不禁哑然失笑，她是从鹰船上嫁过来的，鹰船给大船造成了这么大的创伤，试想搁到谁头上谁不紧张？虽然不是她亲自造成的，但人性中是有迁怒这种特性的。想到这里，觅匆便没再理会迦晴的话，自己暗自琢磨。他命孜兽召集船上重要人物，在议事厅开个专项会议，研讨一下这事怎么办，接下来怎么应对大船的袭扰。

　　研讨在大船上的议事厅里进行，氛围压抑而紧张，比思将情况给大家做了简要的介绍，之后觅匆船长说："我和孜兽将大家召集到一起，就是想研讨一下接下来咱们怎么来应对大船带给咱们的威胁，这到了咱们大船生死存亡的重要关头，请大家各抒己见，踊跃发言。"

觅匆说完之后，无人吱声，气氛陷入了沉默之中。

第
九
章

1

事关大船安危的询策会正在议事厅进行，觅匆陈述完当前的情况后，无人吱声，孜兽打破沉默说："尊敬的船长，我觉得咱们应该先弄清楚鹰船水兵手中所持的是什么利器，只有了解了敌人手中所持的武器，咱们才可能想到有利于咱们的对策。"觅匆对孜兽的话表示赞同，可一个难题摆在了大家面前，谁了解鹰船上水兵手中所持的武器？我忽然想到了皮各，在大船上他见识最为渊博，也许他能知道，我向觅匆和孜兽举荐了皮各。

孜兽命人去宣来皮各。皮各来到议事厅，列席坐下，比思详细向他介绍了鹰船水兵手中所持武器的形态以及威力。皮各似是竭力在记忆中搜索，皱着眉头沉思了会，不太确定地说："这种东西我也不太确定它叫什么，只是根据比思队长的描述，如果比思队长的描述准确的话，这种东西应该叫铳，我也只是听闻过，并未见过。"

铳？在座的人都表示第一次听到这个字。见众人都未见过，甚至都未听闻过这种东西，孜兽就让皮各继续说一说这种所谓的铳，即便是传闻，也能让大家多一些了解，有总比没有强。皮各领命，继续道："传闻中这种铳是采用火药激发长筒中的铁丸射出，毙伤敌人的，它的射程、劲道都要优于硬弩，对于这种东西的了解，我所了解的传闻就大抵这些。"

长筒、火药、激发……孜兽似沉吟般地念着这些从皮各嘴里流出的词，之后他对众人道："如果鹰船水兵所持的武器就是皮各口中的铳，那我大致就有了些了解。"他转头对觅匆说："觅匆船长，对于鹰船这种新的武器，咱们应该改进战术。"觅匆对于孜兽无论遇到什么棘手情况都有解决的能力很是欣赏，他示意孜兽说出自己拟想的新战策。

孜兽道："鹰船的这种铳，射程、力道均优于我们的镇船利器硬弩，而硬弩也是目前咱们大船上最先进的武器，在现下情况中，咱们必须也只能以硬弩来对抗鹰船的铳，避开铳的锋芒发挥硬弩的优势，是咱们所要采取的战术，我的建议是咱们的护卫兵都俯到船舷下，以船舷挡住自己的身子，这样船舷的巨木之板有可能会挡住铳丸的射击，大船设法向鹰船靠拢，待到了硬弩的射程范围内，咱们的硬弩手迅速挺起，以硬弩射杀他们的铳队。"

觅匆问大家对孜兽的战策，还有什么更好的意见。众人都表示赞同孜兽的建议。觅匆见众人无异议，遂就定下了这种新的战策，在研讨会即将结束时，觅匆提议说与鹰船的战斗，就由孜兽船执统筹比思的护卫队、阿鲁的硬弩堂进行，原因是一则新战策是由他提及的，二则他之前也出任过护卫队长，对战事熟稔，再合适不过。觅匆的提议出乎孜兽的意料，但大船现在处于安危之中，相比之下没有更好的办法，所以也就应承了下来。

船长舱里，觅匆正喝着葡萄酒欣赏迦晴的舞姿时，鸟三求见。觅匆让他进得船舱，询问他伤势好了没有。鸟三难堪、委屈、愤恨地说："谢谢船长的关心，伤势已无大碍，请船长放心。"

随后觅匆赐了他一杯葡萄酒，鸟三坐了一张案桌后，与船长碰了杯酒。觅匆问他求见有什么重要的事。鸟三看舱内除了迦晴，就只剩下他与觅匆，便道："船长大人，我求见你，并没什么重大的事，但这事相比重大的事，对船长你来说，更为重要。"

"哦，什么事？"觅匆显示出了浓厚的兴趣，"请说来听听。"鸟三压低了声音说："船长大人，我觉得你应该辞去船长大人这个职务，请孜兽来出任。"

鸟三的这话，确实让他感到意外，他虽然不喜欢或者甚至说讨厌船长这一角色，鸟三也知道他的这种情绪，但他还没想到要辞去这一职务，或者说大船上也没这种先例。他没有接鸟三的话，只是示意他继续说下去，他想看看鸟三究竟是出于什么用意劝自己辞任这一职务。鸟三慢悠悠地道："与鹰船开战的事，我也已听说，我觉得以咱们现在的情况，与鹰船争斗，胜的可能性不大，你身为船长，也明白大船一旦战败，鹰船占领了咱们这艘大船，等待你的将是什么下场。"

这话实实在在点到了觅匆的死穴上，这是他极为担心的事，为此他这段时光经常夜里惊醒。鸟三的这席话，也让他下定了决心要辞去船长职务，享受荣光是后话，先保命要紧。待鸟三说完，他未置可否不动声色地问了一句："那怎么才能合适得体地辞去船长这一角色？"

"这不现在正面临着鹰船利铳的威胁，全船当前最要紧的事，就是想办法击败鹰船，而在这方面孜兽最适合运筹大局，是以他出任船长最为合适，这样你不仅能实现自己退任的愿望，还能展现你的宽宏气量和以大局为重的崇高气节。"鸟三娓娓道来地分析道。觅匆内心真的忍不住感叹这是个人才，这思路不仅能实现自己的愿望，还真的是很得体。

觅匆召见了孜兽，寒暄之后隐约向他流露了自己想辞任船长的想法。孜兽极为惊讶，询问他为何有这想法。觅匆道："现在鹰船对咱们大船的威胁比较大，同时大船在这浩渺无边的大海上航行，危险无处不在，我觉得你在应对各种危机及全局运筹上对大船更好，所以才有了这想法。"

孜兽感觉船长不像是在试探自己，而且能从他的话中听出弦外之音，他对鹰船的挑战信心不足。孜兽力劝觅匆留任船长，自己愿意竭尽全力辅佐他，会想尽一切办法护卫大船安全。觅匆见此事已挑明，就向孜兽表达了坚决的态度，留任之事不议，可以讨论一下怎么交接比较合适。孜兽见觅匆如此坚决，就答应了下来。觅匆在议事厅召集了船上所有重要人物，宣布了自己的辞任，推举了孜兽为新任船长。孜兽走马上任，就职大船船长，并尊奉觅匆为大船守护人。

2

　　鹰船又发动了一次袭扰，大船运用孜兽的方法，想法靠近鹰船，然后硬弩堂射手挺起激射，在硬弩堂与鹰船激战中，待两船距离更近时，孜兽命比思的护卫队也手持弓箭投入了激战。这次争斗战况激烈，虽然也射伤了鹰船五六名铳手，但大船的护卫队兵死伤了一小半，硬弩堂有三名硬弩手殒命，比思战死，我的左臂被铳的流弹划伤，战后在医药室包扎后无甚大碍。这一战，让大船真正见识了铳的强大威力，尤其比思的战死，让大家都极为震动。

　　战斗的结束，只是暂时的结束，大家都知道这短暂的平静，酝酿的可能是下次更激烈的厮杀。随着比思的战死，大船上的武力高层就剩下了曾出任过护卫队长、现为船长的孜兽和身为硬弩堂主事的我。孜兽船长在他的舱室召见了我，他显得有些忧心，没有寒暄，直截了当地抛出了他的问题："对于比思的战死，你觉得当下咱们应该怎么办为好？"

　　其实，这问题我也仔细想过，我觉得眼下的当务之急就是圈定比思的接任人选。我将这想法告诉了孜兽船长，孜兽认可我的想法，追问道："那你觉得眼下谁适合这个角色？"这是个比较难以回答的问题，在刚经历重创、幸存的护卫队员中选拔一人接替比思，是件比较难的事。

原护卫队中有一名作战勇猛、甚有谋略、名叫莫比的小伙，大家都很看好他，认为他经过磨炼，将来是接替比思的强有力人选，可他却在这次激战中死掉，这真的很可惜。我叹口气，说："如果莫比还在的话，那这个问题就相对比较好解决。"孜兽明白我的意思，说："我也希望莫比还在，可他确确实实已离我们而去。"我双手一摊，向孜兽表明我真的不知道护卫队中谁还可以接任这个位子。孜兽船长眉头紧锁，显然他仿佛在做一个坚难的决定。

我没有说话，转眼看着窗外的海面，现在已是这里的冬季，海风冷而凛冽。"元酉吧，也许在这种困境中，他能顶替比思这副担子"，孜兽船长思考之后说道。我想，这肯定是他深思熟虑、权衡之后的结果，我说："孜兽船长，对于你的这个决定，我是赞同并支持你的，可我觉得你如果要将这副担子一下压给元酉，我觉得是不现实的，也是不公平的，他从未担任过这个职务，并且现在也是在非常条件下，所以我觉得应该是他担待这个职务，作为你的助手，来执行你的方案，这样我认为妥当一些。"孜兽船长点了点头，采用了我的建议。

定了比思的接替人选之后，孜兽船长我俩又聊了一会儿，孜兽船长说："这次鹰船来势汹汹，看样子对咱们大船好像志在必得，这对咱们来说将是个巨大的考验。""我也非常有同感，在这种战力相差悬殊的情况下，大船能不能撑过这次考验，我心里也没底。""如果，我是说如果，在接下来与鹰船的力搏中，如果我步了比思的后路，我希望你来带领大船走出困境。"孜兽船长忽然说道。我理解孜兽船长这么说的缘由，也明白在接下来难保不会有这种可能，我不知道该怎么接他的话，我说："船长大人，我不一定能胜任你交付我的重任，如果真出现了那种情况，我会全力以赴实现你的愿望，为大船贡献我的每一分力。"孜兽船长转移了话题，他好似略带感慨地说："鹰船与咱们之间的争搏，说到底不过是为了咱们的晒盐之术，这晒盐之术既给咱们带来了丰饶的财富，让咱们这艘大船能在这孤寂的旅程中，可以活得更滋润一些，可它也给大船带来了无法排解的风险，这究竟是福还是祸呢？"

这明面上看是为了争夺晒盐之术，其实根子上是在争夺资源，或者说争夺一种生存的权利。我接着孜兽的话，说出了自己的见解。"哦，继续往下说，我对你的观点很感兴趣。"孜兽看着我，饶有兴趣地说："无论在海上，还是在陆地上，无论是人类还是某种动物，都会为了生存而争夺资源，人类可能会比动物文明些，动物就是赤裸裸地搏击，胜者占有弱者的领地或食物，甚而吃掉弱者。人类在争夺资源的过程中，可能先会采用交换，当交换不能解决问题的时候，那就不免诉诸暴力。就像咱们与鹰船，如果咱们答应将晒盐之术传给他们，那可能就不会有后面这些征战；可如果咱们将晒盐之术传给了他们，咱们的盐巴就会在这海道的交换中，遇上我们自己培植出来的竞争对手，这又不符合咱们大船的核心利益，当两厢无法解决时，那暴力就出现，如同现在。"

孜兽命人请来了函并，向他讲述了鹰船袭扰咱们大船的缘由，以及他的忧虑，希望函并能誓保晒盐之术不外泄，如果能够做出备份就尽量做出备份，以便在接下来的战斗中，出现了不可控的情况，待局势恢复正常时，大船上的人能根据备份，重启咱们赖以生存的晒盐之术。函并明白孜兽的话中之意，说："船长大人，请你放心，即便你不说，我也明白眼前的形势，已做好了万全之策，定不会辜负你的嘱托。"孜兽开启了一瓶葡萄酒，我们三人围着桌子，在沉默中喝着葡萄酒，似乎每个人都能感到无形又无法消弭的压力。

又一场激战爆发，鹰船似乎集聚了所有力量，来势凶猛而持久。在这场激战中，大船的护卫队和硬弩堂损失殆尽，元酉及孜兽战死，我身受重伤。鹰船占领了大船，大船上的人，惊恐地看着这些外来者，不知道他们接下来会在大船上做出怎样的举动。我躺在医药室的床上，创伤让我疼痛异常，可我的内心，像这个海上的冬天一样寒冷。孜兽，是这艘大船上我比较敬佩的人，务实，机敏，有谋略，可在这场争斗中丧生，难道人的际遇，有时就这么残酷？

3

　　鹰船的船长，在他们船护卫长的陪同下，亲自登上了大船。迦晴带着觅匆，前去拜见了自己的老船长。大船上的人们传言，这位船长叫科尼，我们就姑且称他为科尼船长吧。科尼船长命人在大船最显眼的地方，贴上了布告，用大船人自己使用的文字，写出了自己对大船的态度，大意为：尊敬的大船人，我及鹰船的所有船员，都很赞赏你们，长角船长、觅匆船长、孜兽船长都是很优秀的船长，他们为大船的繁盛，做出了卓越的贡献，我们此次登临大船，只为与大船进行友好沟通，和睦相处，请大家放心，大船原先个人职位不变，请大船人各级正常履职，谢谢大家对我们的支持。

　　摆在科尼船长面前的问题也亟须解决，就是孜兽船长已战死，大船急缺船长和船执，大船不可一日无船长，否则诸多事务无人裁决，大船会陷入混乱之中。他召集了大船上所有的重要人物，在议事厅开会，请大家推举新任船长，可人们都闭口不言，或者说自己没有合适的人选推荐，请科尼船长自行筛选，这让他很难堪。按照鹰船护卫长诸宾的意思，这帮人不识好歹，直接用鞭子招呼他们，他们就能推举出人选来。

　　科尼船长摒弃了他的意思，告诉他，他不希望激起大船人的敌对情绪，他只希望通过安抚政策，稳住大船上的人，然后安插代理人，实现鹰船的利益需求。最后，他一句话向诸宾点明了他的真实诉求，"咱们征服大船，所需要的是利益，而不是占领大船，也不是需要这一船之人。"诸宾恭敬地道："船长大人深谋远虑，我等甚为佩服，我会按照你的意思操办。"

柔圆的月亮挂在黑蓝的冬夜长空，群星闪烁，皎洁的月光似水般泻在无边的鳞起的海面，斑斑点点的亮光，犹如满地的冰凉碎银，在温暖的船长舱内，科尼船长、诸宾、迦晴坐于案边，科尼船长品了口杯中的葡萄酒，迦晴垂着眼泪，楚楚可怜地说："尊敬的船长，请你理解，以我现在的身份，委实不能为你举荐船长人选，我举荐了船长，就会被大船人认为这船长是咱们的代理人，因为我毕竟是从鹰船上嫁过来的，这是咱们所要避讳的啊，这也是你对大船政策的题中之义。"科尼船长点点头，没有说话。迦晴继续道："不过，我愿竭心为船长大人你效劳，愿为你推荐一个人，也许他可以给你推荐大船的船长人选。"

"哦？这人是谁？"科尼船长放下了手中的酒杯，期待迦晴说下去。

"鸟三！"迦晴舒了口气，说出了大船上这个诗人的名字，不出意外，他应该会很积极地为船长举荐大船人选的。科尼船长屏退了迦晴，在船长舱召见了鸟三。诸宾说明了召见他的用意，鸟三甚为感动："感谢船长大人看得起自己，自己愿意忠心且尽力地为船长大人效劳。"之后，他转动眼珠琢磨了下："我觉得觅匆出任这个船长职位比较合适。"

科尼船长有些意外，诸宾嘴角流露出了不屑，鸟三装作没看见诸宾的表情，说："觅匆性情温和，有利于船长大人你掌控，同时他之前曾任过船长，对于大船上的情况比较熟悉，所以我觉得他是比较合适的人选。"科尼船长喝了口葡萄酒，咂了咂嘴，满意而惬意地说："那就觅匆吧。"

　　我的伤慢慢好了起来，龙且悬着的心放了下来，她来医药室看我，在药室内无人的时候，她俯在我的胸前哭泣，我轻轻抚摸着她的头："这有什么好哭的呢？"她抽泣着道："你受那么重的伤，你知道我有多担心吗？"

　　我没有接她的话，我想到了比思、元酉，以及孜兽，我为他们感到遗憾、可惜，有他们在的大船，是多么有力、繁盛，可如今异船入侵，人才凋落，我的一颗泪珠由眼角滑落，孜兽之前常说，好男儿有泪不轻弹，我现在流了泪，长角故去，这是生命的轮回，没有什么值得可惜的，可孜兽是我所见过的大船上最为优秀的人才，他的凋亡，我觉得是大船最为惨重的损失，有他在，我觉得大船就充满了希望。

　　龙且抬起头，看到了我眼角的泪痕，有些奇怪地问："阿鲁，你怎么也哭了呢？"我平复了下心情道："看到你哭了我就鼻子莫名地发酸，眼泪就忍不住流了下来。"龙且替我擦掉了泪痕，说："我真希望咱们在这大海的旅程中，不要再有相争。"

龙且的话，说到了我的心坎里，现在我真的很怀念我以前和句桑在那座无名海岛上的单纯时光，我也想起了句桑曾对我说过的一句话，"阿鲁啊，人这一辈子该经历的，你将来都会经历。"现在回想起来，我愈发觉得句桑就像个谜一样。虽然我在居于海岛上的时候，不谙世事，但随着大船在这浩荡的海面上航行这悠长的时光，我已明白了龙且和我的愿望，是多么苍白无力，是多么不切实际。

科尼船长单独在议事厅召见了觅匆，温和友好地向他诉说了希望他来出任大船船长的请求。觅匆向科尼船长表示了自己的为难，说自己此前出任过大船船长，已辞任，况且自己对船长这职位也不甚热衷，自己只希望能够随心地过悠闲的日子。

科尼船长有些不悦，略加重了语气对他说："尊敬的觅匆先生，我希望你认真考虑之后，再回复我。"离开议事厅，在晚上吃饭时，他向迦晴讲起了这件事，表示自己不想出任这所谓的船长，迦晴明白科尼船长的心思，也明白这里面的利害关系，她忧心忡忡地告诉觅匆说："我也不希望你出任这船长，可从眼前的情况看，咱们还有得选择吗？”这话犹如匕首，犀利而尖锐，刺破了觅匆缥缈的幻想。自己真的还有选择吗？觅匆在心里问自己，他何尝不明白自己此刻的处境，只是他不愿承认而已。

4

觅匆，由大船的守护人变成了船长，经他的请求，诸宾任了大船的船执，大船的护卫队和硬弩堂被撤掉，诸宾从鹰船上调了十名护卫兵，由他自己统领，维护大船上的治安。没有了硬弩堂，我这个主事也就卸了任。皮各对我说："这对你未尝不是一件好事，在诸宾的治理下，如果不撤，你的硬弩堂该如何处事？"他的话是没有毛病的，可他不懂我心里的结，没有了硬弩堂，单凭我一个人，怎么来完成孜兽对我的嘱托？这份沉甸甸的嘱托，此刻我又不能和他说，即便我认为他是我在大船上最贴心的知己，我不是担心他泄密，而是为了他和我的安危着想。这份嘱托，越少的人知道越好。

科尼船长明日就要返回鹰船，临走前他召集大船上的所有人，于甲板上为孜兽举行了隆重的葬礼。两名善于修饰的女子，缓缓而细腻地清理了他身上的血污，给他换上一身崭新洁净的水手衣服。茅束走上来，面容悲戚中透着坚毅，没有掉下一滴泪，她用两名女子盛的清水，将他的面容洗干净，用小巧锋利的须刀，刮掉他嘴边茂盛的胡子。

他的面容还是那么刚毅有棱角，只是他已躺在了这里，闭着眼睛，再也感受不到她的手抚过他脸庞时的温热。四名护卫兵将他抬到了已架起的木柴上，火苗由小而大升腾起来，缕缕青烟飘上天空。大船上人们的眼睛润湿，这名为了护卫他们安危的男子，在竭力拒侵后流尽了身上的血，此刻他们在送他最后一程。科尼船长在火苗闪耀中，称赞孜兽是大船上最勇猛的人，他的精神将护佑大船于无尽的风浪中，抵达那充满圣光的终点。我对这科尼船长有了些钦佩，他对孜兽的言行，让我感到他战胜大船并不是侥幸。孜兽经火淬炼后的轻尘，由茅束抓起，在人们的泪目中，随着清风飘向了无边的大海。

　　我最担心的事，竟然没有发生，这让我感到很奇怪，科尼船长没找函并，我还以为他会威逼函并，将晒盐之术授予鹰船。在私下里，我曾向皮各说起过这事，皮各叹了口气，说："我觉得这里面事情不会简单。"虽然他没有找函并，但他扶了觅匆当船长。他提到了觅匆当船长，我正好想了解一下他对此的看法。皮各显得意兴萧索："以前长角船长在的时候，我觉得长角船长不好，而今长角船长不在了我反而很怀念长角船长，大船恐怕很难恢复到之前的那种荣光喽。"他的话，让我听得心下悲戚，我安慰他道："不必如此悲观，只要咱们全力而为，总还是会有希望的。"

　　渐渐地有了种传说，大船上所晒就的盐巴，要悉数由鹰船来与沿途的船只交易。如果这传言是真的，那就能很好地解开我心中的疑窦。虽然大船上又恢复了往昔的生活，但我能感觉到人们眼中没有了往昔的光彩。

我和龙且，去看望了卡梨。她愈发清心寡欲，龙且牵着她的手，说："卡梨，我们怀念长角船长在的那些时光，那时候咱们的大船生机蓬勃，虽然大家不清楚大船将要驶向何方，但每个人都是有心气的。"卡梨淡淡地笑了笑："过去的事情已经过去，无论我们怎么怀念，它都已过去，不提他们也罢。"卡梨拿出了些小鱼干招待我和龙且，那些小鱼干微咸，在嘴里慢慢咀嚼，会有种说不出的沁香，我嚼着鱼干，心里在琢磨着不宜外说的事。龙且和卡梨两人的聊天陷入了沉寂，我打破寂静道："卡梨，此刻大船与以前有了很大的不同，你打算怎么办呢？"

卡梨好像对我的话兴趣不大，她说："还能怎么办？我一个弱女子，顺着流水时光，慢慢地过呗。"在看望快要结束时，卡梨对我和龙且说："你们相处也已很长一段时光，要不要就在我这里改登为婚嫁呢？"龙且转头看着我，说："我没问题，就看阿鲁的意见。"

龙且都表了态，我还能说不行吗？我当即也道："我觉得也到了时候。"卡梨似感叹似叮嘱我们说："无论咱们大船驶向何方，无论咱们大船与之前相比有了何种异样，咱们日子总得过不是？好好珍惜这难得的幸福吧，健康、平安就是最好的消息，再大的宏愿，也要由琐碎的日子拼凑。"辞别了卡梨，我对龙且道："咱们回去好好准备一下，然后你我一起到卡梨这里，将恋爱改为婚嫁，为了庆祝你和我的这神圣婚姻，咱们请几个关系相好的人，欢聚一下吧？"龙且乖顺地点了点头。

就在我们为结婚筹备时，一件事震惊了大船上的所有人。诸宾要将大船上的一批珠宝运送到鹰船上，觅匆船长认为这本是大船的财资，运送到鹰船不妥，就没有同意，诸宾恼怒之下将他打伤。在所居的舱室里，我向皮各表达了我的愤怒。皮各似预言家般说："我担心这仅仅只是个开始，无论怎样，觅匆都是咱们的船长，代表着大船，他都能遭受这样的对待，何况咱们其他人呢？"

我忽然感到很沮丧："咱们好端端的大船，怎么就沦落到了这个地步？"皮各没有接我的话，紧抿着嘴，嘴角下撇，能看得出来，他也是很不愉快。后来听说为这事，大船上二十多人对诸宾进行了声讨。诸宾派自己所掌握的护卫兵，将为首的三个人拘捕到忏悔舱，处以三十到一百不等的鞭刑。

觅匆情绪甚为低落，迦晴安慰他，要他以后不要与诸宾再起冲突。觅匆叹口气说："那我这个船长以后该怎么做？诸宾以后再做有损大船利益的事，我就装作没看见？"其实，迦晴是了解觅匆的难处的，身处大船船长的他，为大船维护利益甚至可以说是他的天职，也成了他骨子里的本性，不然他也将无法向大船上的人交代，可现在大船已经沦陷，他连自己的安全都无法保证，又怎么来维护大船的利益？迦晴不忍心说，但又忍不住说道："你这个船长就是个摆设，你又何必当真呢？"

第
十
章

1

　　我和龙且到卡梨所主事的男女阁，登记了结婚。卡梨向我们表示了祝贺，龙且神情充满了喜悦，她动情地说我是她这生最重要的人。这天晚上，我和龙且邀请了皮各、蹻具、函并、卡梨来参与我们的结婚欢聚。这次欢聚，诸宾有点破坏我们的气氛，他要求以后大船上欢聚，组织者必须要向船执缴纳五袋盐巴，自我这次欢聚开始。为了这次欢聚，龙且和我进行了充足的准备，我们向烹食组缴纳了十袋盐巴，烹食组给我们做了一桌丰盛的海鲜大餐，龙且和卡梨将这海鲜美物端到了我们欢聚的舱室，龙且我俩积攒了四个月的八瓶葡萄酒拿出来，供大家畅饮。

　　席间蹻具说这是这段时光以来难得的心情舒畅，他这话引起了大家的共鸣。函并接过他的话，说："诸宾上次对觅匆船长不敬，我就感到很窝火，他打觅匆船长就是打我们大船人的脸，况且觅匆船长是维护大船人的利益，我觉得我们应该为觅匆船长撑腰。"皮各点点头，赞同函并的话，他也觉得当下的日子过得比较憋屈，就像我们这次欢聚，凭什么要向船执缴纳五袋盐巴？

　　卡梨打断了他们的话："此刻是阿鲁和龙且喜悦的日子，

你们不要说这些让人扫兴的事，诸宾本来就是鹰船的人，你们难道指望他能为你们考虑？"卡梨总能在关键时刻说出让人警醒的话。我们停止了对诸宾的控诉，推杯换盏，享受这难得的快乐时刻。欢聚结束时，函并俯在我耳边低声说："诸宾的事，咱们需要谨慎地私议。"他一点，我就知晓了他的用意。

待他们走后，舱室里剩下了我和布各，我借着酒意，对布各道："你觉得这事可不可以干？"我知道布各理解我的意思。布各没有立即回答我，他给我讲了个他们家乡的故事。

在他的家乡，有一位势力很大的豪绅，他看上了邻居的宅子，便想侵占，他指示手下人去与邻居协商，邻居嫌他给的价钱太低，拒绝了他，邻居让他的手下人传话给他，说这处宅子是他祖上传下来的，他没有卖掉的打算，况且豪绅出的价钱让他到外面买不到同等的住屋，如果卖掉了这所宅子，他一家老小该怎么办？豪绅见协商不成，就让手下人直接侵占了这所宅子，邻居抵抗不过，一家老小被赶了出来，他们寄居到了村口的破庙里。邻居气愤不过，就暗中筹划复仇。经过周密的策划，寻了个合适的机会，邻居杀死了这位豪绅，但等待他的不是拿回他被侵占的宅子，而是豪绅的家人疯狂的报复，他的家人指示家丁，将这邻居一家四口全部杀死。

我明白了布各的意思。布各最后告诉我："除掉一个诸宾，是件很容易的事，可你想过没有，除掉诸宾，在大船没有护卫兵的情况下，你怎么破解鹰船的威胁？如果破解不了大船的威胁，鹰船二次侵占大船，你有没有想过大船上这么多人的安危？"他说的确实是很现实的问题，没有了诸宾，大船怎么来对抗鹰船？

这确实是个很大的难题，这问题我之前也想过，但没想得像布各这么深入，不过从这个层面，也看出布各是同道中人，他也是在思考这个问题，只是没说出来而已。我为了进一步引出他的思考，便道："我明白了你的意思，只是我觉得咱们不能就这样沉沦下去，我相信只要咱们去想办法，终究是会有解决之道的。"

"其实，我也是思考过这个问题的，我觉得从大的层面来说，咱们需要重建咱们的护卫队，购置可以对抗铳的武器，只有这两件事办到，咱们除掉诸宾，才会是有意义的。"布各说出了自己的设想。

"这两件事，说难确实很难，不过再难，我们也是有办法解决的。"我顿了顿，"结合这段时间以来的思考，组建护卫队，可以由我来牵头，毕竟我以前出任过硬弩堂主事，虽说硬弩堂在对鹰船的激战中损失殆尽，但好歹还存留有三四个硬弩手，我可以以他们为班底，归拢大船护卫队残余的水兵，我想这加起来也小二十人，有了他们，再在大船上招募一些勇猛彪悍的男子，以这富有作战经验的小二十人，传帮带新招募的护卫兵，我想护卫队的问题不大。"

"如果护卫队的问题确实能够解决，那就是购置可以对抗铳的武器？"布各说到了这里，停了下来。之后我俩不约而同地说出了蹈具的名字。事情进展到了这里，蹈具就成了这个计划的关键之环。"你觉得蹈具靠得住吗？"我抛出了我不太敢确定的疑惑。"这个，我不太敢确定。"布各这样回复了我。不过，他又说："不管他靠得住靠不住，我们都可以一试，即便他靠不住，除掉了诸宾，如果你组建护卫队没有问题的话，我们也是控制得住大船上的局势的，同时我们还需要争取一个人，以确保我们计划的安全性。"

"争取谁？"我脱口而出问道。"我们的船长！"布各点点头，说出了他的答案。"我知道觅匆现在过得极不舒服，可以他温和的性格，他会愿意做这么冒险的事吗？我觉得这比争取蹈具还不靠谱。"布各笑了笑，说："有时候很多事情不能全以常理来推断，如果都以常理来推断，那这个世界就会简单很多，很多时候我们是需要那么一点点运气的。"见他这么说，我心里有了点儿底，我相信布各这么说，他就有搞定觅匆的办法，因为他是个很少打诳语的人，没有把握的话，他是很少会说的，他所说的需要运气，以我对他的了解，他仅仅是和我开开玩笑而已。

　　只要有布各协助我，帮我出谋划策，只要我不是孤军奋战，我心中就更为有底。我相信这大船上二百多人，里面肯定卧虎藏龙，这些虎与龙，只是没有合适的机会展现。我相信，我一定能完成孜兽对我的嘱托，一定！

2

　　这个冬天真的很漫长，大船激着冰冷的海波前行，船上储藏资财的舱室渐渐空了起来，供应的葡萄酒也不再像以前那么准时充盈，变得时有时无，诸宾更是出台了各种律令，如欢聚、恋爱、结婚、葬礼等，都需要向船执缴纳一定的盐巴才能进行。大船上的人们感到很压抑，可迫于诸宾手中的权柄，敢怒而不敢言。诸宾似乎也不太在乎，依然我行我素，遇到有忤逆者，动辄拘捕到忏悔舱，施以鞭刑。

　　那次我结婚欢聚后，因船务我到蹈具所居的舱室，拜见了他一次。交流完应沟通的事，我试着提了下此刻在大船上过得不开心。其实，我想他即便不是心向我这边的人，也不会偏向诸宾，否则上次欢聚我们不敬的言语，他早就向诸宾告了密，但此刻是非常时期，我不得不小心，因为人在受到了重大威胁时，有可能什么事情都干得出来。

　　蹈具比我直接得多，他起身关上了舱门，压低声音对我说："眼下时机已经成熟，船上人们的怒火，只要有个由头点燃，就会爆发出来，所以我觉得我们可以筹划。"说到这里，他停了下来，用手比画了个咔嚓的手势。我有点儿震撼于他的直接，他和我并非熟到了我和布各那样，不过我不想放弃这个不知是机会还是陷阱的时刻，我说："如果那样，鹰船反扑了咱们怎么办？"

蹈具也意识到了这个问题，但他好像不觉得这是个很大的问题，他说："大船原先是有护卫队和硬弩堂的，虽说在与鹰船的战斗中损失殆尽，但并未死绝，以这部分人为基础组建新的大船护卫队，想必不会是太难的事情，况且现在大船上人心是向着咱们的，诸宾的一系列倒行逆施，惹起了船上人们很大的怒火。"我顺着他的话，进一步引他的话道："这么说的话，咱们是有可能组建起护卫队的，可咱们大船在沦陷之前就有护卫队，一样打不过鹰船，咱们仓促之间组建的护卫队，战力相比之前的护卫队，怕是有所不及吧，在这种情况下怎么与鹰船对抗？"

蹈具沉思了下，说："过往很多售卖武器的船只我熟，我可以暗中联络，定制一批硬弩，再寻觅定制一批铳。"我有些担忧，问他道："咱们对外这么做，很难保证不被诸宾或鹰船察觉。咱们可以严守秘密，但售卖武器的船只咱们控制不住。"蹈具对我的话笑了起来，我感觉有些发蒙，不知道自己什么地方说错了话，或者自己说得很幼稚。

蹈具道："阿鲁啊，这你就有所不知，售卖武器的船只，将信誉看得比生命还重要，试想他们走漏了消息，谁以后还敢在他们那里定制武器？如果他们这么做，无异于自绝生路；退一万步说，即便走漏了消息，鹰船或诸宾觉察了这事，咱们也不用担心，你想想看，现在大船上诸宾的护卫兵有十个人，加上他自己，共十一人；而咱们硬弩堂和护卫队遗留下来的人，都不止这个数吧？我相信咱们以这些人干掉诸宾及他的护卫队，不成问题吧？干掉了诸宾和他的护卫队，咱们就掌控了大船，大船上这二百多人，咱们动员起来，就是一支强大的力量，即便起始咱们武器上落后于鹰船，那咱们为啥要与他们硬拼呢？咱们可以避战，加速划动大船，脱离了鹰船铳的射程，他们也是拿咱们没有办法的，我对咱们大船的水手还是有信心的；同时，如果摆脱不了鹰船的追击，咱们还可以用火攻。"

不聊不知道，一聊我才发现，蹈具真是个厉害的人，谈笑间韬略尽出，这让我想起了布各常说的一句话，"听君一席话，胜读十年书"。蹈具的思路之开阔，脉络之清晰，是我见过的人中，最为优秀的。我对他的火攻，表示了极大的兴趣，希望他好好给我讲讲。

蹈具同样给我讲了个故事，在东方有个国度，曾有一段时期，这个国度有三股强大的势力，分别是曹操、孙权和刘备，曹操位居北方，带领八十万大军，千艘战舰，顺流而下，准备荡平孙权和刘备。

蹈具的话，让我难以置信，八十万大军？我有点儿发晕，很难想象八十万大军是个什么概念。大船已经够大，船上也才二百多人。我质疑地问蹈具："你确定是八十万大军？"

蹈具看了我一眼，说："这是有史书记载的。"我没有再说话，蹈具继续讲，孙权、刘备见曹操势大，遂联合起来拒敌，奈何他们联合起来也不是曹操的对手，硬抗肯定是不成的，他们见曹操的千艘战舰由铁索连在一起，于是寻着合适的机会，他们纵火烧掉了曹操的千艘战舰，曹操一败涂地，逃回了北方。

啊？竟然还有这种操作，我算是长了见识，如果不是蹈具讲，任我怎么也想不到这么干。可我又有个疑问，鹰船没连在一起，咱们没法火攻啊！蹈具苦笑，拍了下我脑袋，说："你晕了头吧，他们只有一艘船，怎么连？直接将这艘船烧掉就完事！"我不好意思地笑了笑，敢情真有点儿被他转得有点晕向。

与蹈具的一席话，极大地开拓了我的思路，现在各种可能性都有了相应的对策，我的心中不再像之前那么忐忑，之前虽有激情，但心里始终不那么踏实。现在的情况是，即便遇到了最坏的情况，我们也依然有相应的对策，以确保自己不至于毫无胜算。现在，我觉得局势可控，同时增强了我的信心，我觉得蹈具是可以信任的，话说回来，即便没有蹈具，我们的筹划也是有很大胜算的，最次最次还有火攻这最后一手。我们现在所需要做的，就是等待最好的时机，干柴已足量，就等那一抹火星！火星一现，熊熊大火便会不可阻挡地燃烧起来。

3

　　鸟三已很久没再写出新的诗，自从他向科尼船长举荐了觅匆任船长之后，他也很少到觅匆的船长舱去。他似乎要慢慢从人们的记忆中淡去，让人们觉得大船上不存在这样一个人似的。我不知道这是不是比思所行的阉刑，对他形成了巨大的心理伤害。

　　我和龙且坐在她的舱室里，我双手捧着她的脸，我的唇轻轻地印在了她的唇上，她的眼睛闭着，两排长长的睫毛，黝黑而整齐，她的脸白皙中泛出了微红，有些发烫。

　　我如呓语般说："龙且，我好喜欢你，在这艘大船上，我没能照顾好你，待将来抵达了终点，我带你去看看美丽的云、高耸的山、斑驳的桥、潺潺的溪、青绿的草，我们去吃那芳香得让舌头绽放的美食，我们去骑那一日千里的高头骏马。"龙且睁开了眼睛，看着我："阿鲁，这可是你说的，不许骗我哦。"她伸出右手小指，我俩拉了勾。

　　龙且从烹食组带了些已做好的海鲜，我俩坐在桌边，悠闲地吃着海鲜，喝着凉而略酸涩的葡萄酒，龙且告诉我了一则逸闻，她前两天见到了卡梨，卡梨告诉她久未动静的鸟三，和一名女子到她那里登记了恋爱。这让我很是诧异，之前那名女子那么渴求与他登记，他都没愿意，甚至激起了那名女子的义愤，到卡梨那里检举了他，甚而引发了另两名女子对他的指控，才导致他被处以了阉刑，怎么此刻他却这么麻利地就和一名女子去登记了恋爱？龙且喝了口酒，她喝酒的样子很可爱，小嘴轻抿，眼睛下垂看着杯子，仿佛很用心的样子，顺滑的酒液，流过杯沿，钻进了她的小口里。她咽下了嘴里的酒，轻声道："也许人家心沉静下来了呢，在流水般的时光里，经历一些事，人大抵都会变的。"也许吧。我有些心不在焉地应道。

龙且窥出了我的散漫，若不悦般问："你在想什么？魂不守舍的。"我尴尬地笑了笑，"我只是在想，他受了阉刑，怎么与人家女子恋爱？"听完我的话，龙且忍俊不禁，嗤笑道："你想啥呢？谁说受了阉刑就不能恋爱？可能人家谈的是不沾世俗的心灵之爱。"说真的，鸟三是个有才华的人。对于鸟三，我没深入接触过，从大船上他的名声看，他是个有才华的、多情的人无异，不忠的带着种子游动的鳕鱼，是人们送给他的称号。

皮各、蹈具、函并和我，我们隐秘地成立了个光复会，我肩承总运筹，细抓护卫队复建，其余三人为介事，替我出谋划策，蹈具兼筹武器，皮各统拢大船上心向我们的人，函并措集起事所需的盐巴。在光复会成立的当天晚上，于函并的舱室里，开启了四瓶葡萄酒，相互轻轻一碰，我们一饮而尽。在酒入深喉的瞬间，我仿佛听到了战鼓的擂鸣，闻到了硝烟的味道。我说："这次举事，不光事关咱们，还牵连到全船人的安危，望大家小心行事。"函并抹掉嘴上的酒渍，说："阿鲁，请你放心，我们知道这其中的利害。"

诸宾在施以鞭刑的时候，打死了烹食组的副主事，缘由是这名副主事给他呈送一尾烹制好的鲜鱼。在吃的时候，他发现鱼身上有未褪干净的鳞片，遂大怒，以不敬之罪将这名副主事拘捕了起来，在忏悔舱严刑拷打，询问他是不是背后有人指使他故意轻慢船执。

据流传的小道消息，在拷打的过程中，审讯官有意引导他供出是受觅匆指使，可谁知这副主事是条硬汉，抵死不从，行刑手一失手竟将他打死。烹食组副主事的死，引发了声势浩大的反诸宾浪潮，大船上一半的人，聚于甲板上，声讨诸宾。诸宾当即令护卫兵出动，抓捕了二十余人，企图以威势逼众人就范。谁知这引起了人们更大的反弹，陆续又有五十余人来到甲板上，加入了反对他的队伍。诸宾见无法弹压，就通知声讨的人，选出三名代表，到议事厅与他进行谈判。

对于这突如其来的事，我召集了皮各、蹈具、函并到我的舱室里，商议要不要借着这事起事，蹈具分析了一下眼下筹备的情况，觉得时机还不是很成熟。皮各、函并也同意他的分析，所以我起事的提议也就作罢。讨论完起事的事，我抛出了心中的疑问，即便鱼身上还有尚未褪干净的鳞片，诸宾也不用兴师动众，以不敬之罪将那名副主事拘捕起来，还欲将矛头往觅匆身上引，他究竟想干什么？函并生气地说："我觉得这人就不太正常，脑子有问题。"蹈具笑了起来，回应函并说："我的看法恰恰与你相反，从现在聚集的信息来看，这件事情不简单，诸宾这是醉翁之意不在酒，他的目标既不是那名副主事，也不是觅匆船长，而是咱们船上的所有人。"

"所有人？"我和函并都有些疑惑，禁不住问道。布各没有说话，只是在倾听着蹈具继续说下去，仿佛他心中也有自己的看法，在通过蹈具印证似的。"对，所有人！"蹈具肯定地说道："我觉得吧，他是想将矛头引到觅匆身上，通过折辱觅匆来击垮大船人的精神支柱！不管怎样，觅匆毕竟是大船的船长，他折辱觅匆就是折辱大船人，他希望通过这种方式，让大船人顺服！"布各点了点头，表示赞同。函并皱着眉头，追问道，"那他不怕激起大船人的反抗？"

蹈具道，"你如果具有了他的身份，坐上了他的位子，你就能理解他的想法，他手中有护卫兵，有鹰船，这就是他的底气所在，所以他不怕！"最后，我们商议的结果是：眼下还需要通过与诸宾谈判稳住局势，不可让大家做出过激的行动。

　　这一晚，我做了个梦，梦中我回到了在海岛上的童年，句桑笑眯眯地抚着我的头，对我说："阿鲁，世事无常，你要小心啊！"我刚要和他说话，他就消失不见了。我声嘶力竭地喊他，可海岛上空荡荡的，没人回应。

4

谈判选出来的三人为皮各、蹈具和烹食组头目安斤，三人代表大船上的人，向诸宾提出了三项要求，大船所晒盐巴归大船所有，由船上交易组对外交易，不再经由鹰船；废止欢聚、恋爱、结婚、葬礼等向船执缴纳盐巴的律规；谨慎而不要滥用鞭刑。谈判的结果，这三条诸宾一条都没答应。诸宾与大船上的人就这么僵持了下来。

很快到了长角船长的忌日，眨眼间长角船长已故去两年，每年忌日大船上都会举行祭奠仪式。在今年这种情态下，大船沦陷，异船人把持船政，船上所生产的资财，大多被异船掳走，人们生存得苦闷憋屈，人心更思长角船长，思念长角船长在时的荣光，思念长角船长在时的舒心，思念长角船长在时的尊严。是以今年长角船长的忌日，很早船上的人就开始准备，因此各项工作都筹备得比较充分。觅匆船长代表大船，向诸宾发出了诚挚的邀请，邀请他出席这场大船人颇为看重的仪式。诸宾拒绝了觅匆船长的邀请。

这是一场盛大的仪式，甲板的桌上放着鲜香扑鼻的海鲜，沁凉的葡萄酒已开瓶，酒香四溢，在觅匆船长宣布了仪式开始后，诗人鸟三朗诵了首他做的诗《思君归》：你犹如一抹轻

尘，启开了福境之门；你看着群芳氤氲，却不停銮驾流云；没
了你俗世寡恩，归来吧满天星辰。迦晴领舞，卡梨、茅束、露
西、龙且、甘湸跟演，来了一场动人的舞蹈《迎君来》。在动
人的舞姿中，人们尽情享用桌上的美食。

　　仪式结束，诸宾又做了件众人极为不满的事，他命人宣来
迦晴，严厉地斥责她不该参与祭奠仪式中的舞蹈领演。迦晴委
屈得掉下了眼泪，诸宾不满地道："你要知道你是鹰船的女
儿，你有着高贵的灵魂，你怎么能参与这样的表演？"迦晴情
绪有些激动："既然我是鹰船的女儿，有着高贵的灵魂，那你
们为什么要将我嫁到这大船之上？既然嫁到了这大船之上，他
们便是我的家人，我与家人一起祭奠逝去的前辈，又有何不
可？"诸宾被迦晴顶撞得咆哮了起来，说："你这个可耻的叛
徒，你违背了自己崇高的使命！"迦晴索性豁了出来，不管不
顾地说："对，我是叛徒！我也是一个弱女子，我承担不了你
那崇高的使命！"诸宾不再与她理论。对于迦晴，他不敢随便
处置，他将她在忏悔舱关了五天的禁闭，并将这一情况回禀了
鹰船，看鹰船如何裁定。

　　因这突发情况，函并找到了我，询问我该怎么办，他害怕
鹰船会传达过来令人不愿接受的裁定。我也觉得事态紧急，遂
暗中联络了布各、蹈具，我们四人集聚于蹈具的舱室。函并简

略将事情讲述了一遍，其实能看得出来，大船上的人已经慢慢接受了迦晴，将她当成了自己人，虽然她来自鹰船。她随侍船长左右，也并没有为祸大船，大家对她还是和善满意的。

布各道："函并，你先别着急，这不裁决还没过来嘛。"我转头问蹈具，"武器方面现在准备得怎么样？"蹈具道，"一切按计划行进中，二十把硬弩五百支箭、十五支火铳、两桶火油已定制，按工期计算已生产完毕，已可以送交咱们。"

我又转向了布各，布各说觅匆船长那边也已疏通，虽然觅匆船长不会亲自参与进来，可一旦我们起事成功，他就会下发御令，稳住局势，号召大家一致对抗鹰船。我道："既然这样，咱们几时动手？"布各道，"先不着急，再等等，看鹰船送达过来的裁定，想必鹰船会将迦晴当作叛徒处置，那咱们就在诸宾处置迦晴的时候动手。"函并、蹈具同意，我也没意见，就这么定了下来。

我们定下计划的第二天，就又发生了一件事，令我们不得不更改计划。诸宾看上了茅束，要茅束为他侍寝。茅束当即就拒绝了他，他不死心，说给茅束两天的时间考虑。

大船上群情汹汹，怒火简直要压制不住。孜兽是大船人公认的英雄，茅束是他的遗孀，在人们的心目中，她就是孜兽的化身，是高贵的，岂容诸宾这等人亵渎！为这事，我们四个人又紧急集聚了起来。我一拳砸在桌子上，说这厮真是不作不死！三人也表示时机已成熟。最后，我们商议的结果是：由我假扮成茅束，在诸宾进入寝间的时候诛杀他！这个方案有个问题，就是我身形假扮茅束不是很像，但让别的女子假扮茅束进去，又恐制服不了诸宾，所以最后还是圈定我，只要我能混进诸宾的寝间，事就成矣！

诸宾死了，胸前插着一把匕首，在海风习习的初春的傍晚，在他给茅束限定侍寝的前一天，在我们的计划启动前。这一消息迅速传遍了大船。来自鹰船的十名护卫兵，立刻被大船残余的十余名前护卫兵缴了械。觅匆船长立刻发出了御令：诸宾在大船上倒行逆施，罪责严重，已被诛杀。鹰船目前是咱们最大的威胁，咱们要团结起来，保卫咱们的大船！觅匆船长的御令一出，大船上人们的惶恐情绪平复了下来。按照预先规划，布各指令大船立即开拔，全速向前航行。

大船劈波斩浪，犹如脱缰的野马，在浩瀚的大海上驰骋。

风起，风急，风大！浪起，浪急，浪大！

那是一场我这一生所见过的最大的风暴。风卷长浪，浪越涌越高，层层巨浪压将过来，大船在巨浪中疯狂颠簸，不断有人被颠簸的大船抛入海中。一个浪头打过来，大船在巨浪的轰击下，开始解体。我招呼一声，我、布各、蹈具、函并及将近二十名护卫兵，全力拾拣解体的船板，交给大船上的人！我们都知道，这艘大船，已无力抵抗这场风暴。当大船上所剩的人已几乎人手一块船板时，我们四人及将近二十名护卫兵，已无船板可依，龙且过来紧紧抓住我的手臂，露西挽住了布各的手。诗人鸟三在逐渐倾覆的甲板上，说出了他最新的诗篇：不知来自何方，不知去往何处，你我都是路人，源起归于源灭。一个巨浪打了过来，我脑袋"嗡"了一声，失去了知觉。

待我再次醒来的时候，我躺在一块巨石上，四周是无边无际的海水。我站起身，身上的衣服湿漉漉地滴答着水。海面又归于了平静，细波粼粼，轻轻荡漾，一切仿佛历历在目，一切又仿佛从没发生过。我抬起头，远方还是远方，海天相交处苍茫。天空海鸟飞翔，一大块云压了过来，天慢慢开始变暗……

图书在版编目（CIP）数据

迷海 / 李吉军著. --天津：天津人民出版社，
2021.6
ISBN 978-7-201-17342-9

Ⅰ.①迷… Ⅱ.①李… Ⅲ.①长篇小说－中国－当代
Ⅳ.①I247.5

中国版本图书馆CIP数据核字(2021)第092094号

迷海
MI HAI

李吉军　著

出　　版	天津人民出版社
出 版 人	刘　庆
地　　址	天津市和平区西康路 35 号康岳大厦
邮　　编	300051
邮购电话	（022）23332469
电子信箱	reader@tjrmcbs.com

责任编辑	谢仁林
特约编辑	赵芊卉
装帧设计	熊　琼

制版印刷	河北华商印刷有限公司
经　　销	新华书店
开　　本	880毫米×1230毫米　1/32
印　　张	7
字　　数	100千字
版次印次	2021 年 6 月第 1 版　2021 年 6 月第 1 次印刷
定　　价	45.00元